体验小小说

王彦艳 著

中原出版传媒集团
中原传媒股份公司
大象出版社
·郑州·

图书在版编目(CIP)数据

体验小小说 / 王彦艳著.— 郑州 ：大象出版社，
2020. 11
ISBN 978-7-5711-0772-7

Ⅰ. ①体… Ⅱ. ①王… Ⅲ. ①小小说-文学欣赏-中
国-当代 Ⅳ. ①I207. 427

中国版本图书馆 CIP 数据核字(2020)第 191728 号

体验小小说

TIYAN XIAOXIAOSHUO

王彦艳 著

出 版 人 汪林中
责任编辑 戴 慧
责任校对 毛 路 张迎娟
装帧设计 胡红影

出版发行 大象出版社(郑州市郑东新区祥盛街 27 号 邮政编码 450016)
发行科 0371-63863551 总编室 0371-65597936
网 址 www.daxiang.cn
印 刷 河南瑞之光印刷股份有限公司
经 销 各地新华书店经销
开 本 889 mm×1194 mm 1/32
印 张 7.5
字 数 166 千字
版 次 2020 年 11 月第 1 版 2020 年 11 月第 1 次印刷
定 价 48.00 元

印厂地址 武陟县产业集聚区东区(詹店镇)泰安路与昌平路交叉口
邮政编码 454950 电话 0371-63956290

写在前面

小小说这种文学样式，在我国古已有之，火传不断。《聊斋志异》里的有些篇什就是小小说，鲁迅、汪曾祺的作品中也有小小说。

小小说作为一种文体名称被确立下来，作为一种文体被规范、被倡导，是20世纪80年代的事情。业界提起小小说这一文体在新中国的发轫，多不会绕过《百花园》在1982年第10期推出的“小小说专号”。我有幸在《百花园》做编辑。通过留存资料，通过前辈的讲述，了解小小说这一文体给新时期中国文坛带来的惊喜，以及它广受瞩目的程度。翻阅1982年第10期《百花园》，发现有孟伟哉、南丁的作品，有肖复兴、王扶的作品，有当时的文学新锐马未都的作品。当期的插图作者有马国强和李伯安。仅仅是看这些人名，就让人心生感叹：“文学的黄金时代啊！”前辈说起小小说初登文坛：“那就是横空出世！”近四十年来，期刊市场、文学生态风云变幻，小小说文体自身一直在持续发展，《百花园》也一直是展示当代小小说创作大观的主要阵地。2010年，新修订的《鲁迅文学奖评奖条例》将小小说纳入评奖序列；2018年，冯骥才凭小小说集《俗世奇人》（足本）获鲁迅文学奖小小说奖。这两个文学事件，标志着小小说文体独立性的确立和文体发展的成熟。

小小说文体近四十年的韧性发展，令这一文体的文学意义、社会意义愈发凸显。冯骥才先生有言：“小小说是中国文学的事情，全国的很多作家都是从写小小说入门的。”如今，数以万计的作者从事小小说创作，大量优秀作品不断产生。这一大规模的群众化的文学实践，在持续优化小小说作为“文学轻骑兵”的文学意义，在持续提升小小说的社会美育滴灌功能。

新媒体来临，带给纯文学的有机遇，更多的是冲击。但对介于纯文学与通俗文学之间的大众文学小小说而言，则是机遇大于冲击。这来自它的先天优势：篇幅短小，利于传播，也利于初写者入门；篇幅短小，但文学空间又极为丰富，文学大家或偶一为之或钟情这一文体创作。大众的写作参与、名家的写作参与，保障了小小说的可持续发展，保证了它所能达到的更高的文学品质。在这个大众更乐于接受短内容的时代，在这个内容为王的时代，小小说“短+优质内容”的文体优势被业界关注，同时也被期待有更佳表现。无论是4G时代还是5G时代，小小说都大有可为。有媒体在考量各种文学样式在当下的表现后指出：小小说会成为新媒体的又一个爆点。

5G开启，未来已来，在广被期待的时间节点上，思考小小说存在的问题，显得比以往更重要也更紧迫。小小说当下遇到的问题之一：历经近四十年的发展，写作样式在一些作品中出现了模式化、僵化、仿制化的迹象；一些小小说作者在写作上表现出一定程度的思维僵化，原创精神、原创意识稍显低落。

与此同时，广大读者的阅读审美需求不断提高，对小小说的阅读期待也在不断攀升。

《体验小小说》怀藏有这样的想法：再次激发小小说文体的原创精神，提振原创意识。原创精神、原创意识永远是小小说文体生命力之所在，也是它能赢在新媒体时代的关键。

目录

小小说的幕后

体验小小说

这是对小小说作品的综合体验。

这些体验的出发点：

鉴赏文本、思考当下的小小说创作、阐述小小说的社会功能。

体验的角度：

小小说阅读者、小小说编辑者、小小说写作者、小小说改编者。

小小说可能达到的

——从博尔赫斯《镜子与面具》说起

小小说业界一直很关注一件事情，那就是如何让一篇小小说拥有更加丰富的文学内涵。心系于小小说文体的人，总是担心小小说体量的单薄会影响它的文学品质，从而使这一文体受到某种偏见，进而影响广大小小说写作者的创作热情。

小小说是一种具有弹性的文体，这是它强大生命力之所在。毋庸置疑，小小说和长、中、短篇小说一样，完全可以在它的体量之内完成小说五个层面的表达：讲一个完整的故事；在故事中阐述道德层面的是非问题；抵达生命的本质；漾溢哲学意味；在宗教层面观照人间、世界乃至宇宙。

对一篇小小说所能拥有的丰富内涵进行探讨，是有必要的。拿博尔赫斯的小小说作品来进行这一探讨是合适的，他的小小说作品或者说他的所有作品都以内涵丰富而著称。《镜子与面具》是其作品内涵丰富、多义的代表之作，讲的是国王与诗人的故事。诗人应召为国王写颂诗，前两首国王都不满意，但分别赐给诗人银镜和黄金面具作为嘉奖。第三首颂诗，只有一行。国王心满意足，从此行乞天下，却从未大声将它念出口。诗人得到的第三个嘉奖，是匕首。匕首并没有出现在标题里，在文中它被诗人插入了自己的心脏。

豪尔赫·路易斯·博尔赫斯用他 87 年的生命赢得了世界文坛的尊重。他是阿根廷的"国宝"。20 世纪八九十年代，他的作品在我国开始大热，这种热度至今依然葆有力道。

在阅读他的作品之前，需注意以下四个事实，对理解作品的丰富内涵会很有用。一、他出身书香门第，他的父亲拥有珍藏世界众多文学名著的图书馆。二、他 7 岁时缩写了一篇希腊神话，用的是英文；8 岁那年，他的一篇西班牙译文，被认为是出自其父之手。三、他会西班牙语、拉丁语、法语、德语、英语、古英语和古代冰岛语。四、他曾长期担任阿根廷国立图书馆馆长。

小小说因体量短小，一览无余，在营构要求上，可以说是字字如金，步步为营。博尔赫斯做到了，并且，他在一个句子中，尽量多地安排一些复杂的调性，目的就是要让它的磁力增强，为阅读者吸附来更多的文学意境和想象空间；并从意境出发，散发内涵；从想象出发，丰富内涵。下面以小说的起句来说明这一点。

"克朗塔夫一战，挪威人威风扫地，高贵的国王招来诗人对他说……"——这个国王，我在阅读中把他推测为布赖恩·博罗。布赖恩·博罗在公元 976 年当上爱尔兰南部芒斯特王国的国王，曾率军打败过入侵的挪威人。后来，他自立为爱尔兰的第一个国王。博尔赫斯如此开篇，传递给后世读者这样一个印象：博尔赫斯所读到的这个英国国王的故事，是古英语的原版。古英语被广泛使用的年份是公元 450 年至公元 1150 年，布赖恩·博罗恰好生活于这一时期。"克朗塔夫一战，挪威人威风扫地……"博尔赫斯似乎刚从那段古英语故事中抬起头来，即开始写作《镜子与面具》，行文中似乎还带有古英语的余温。而且，这个开篇的句子，让人感觉好像是博尔赫斯的叙事行为就在那故事之中发生，毫无隔阂。古英语词汇贫乏，语法形态变化复杂。这一时期流传下来的作品，应以诗歌为主。我想象中，博尔赫斯读的是一篇有关布赖恩的长篇叙事诗。这首诗词汇贫乏，却格外有力，语法形态在这种贫乏中摇曳多姿。这种文学印象打动了博尔赫斯，与他心中当时正要表达的某种领悟产生了契合或者是产生了某种背离，于是他写下了《镜子与面具》。

“克朗塔夫一战，挪威人威风扫地……”这个句子，磁场强大，更像是戏剧的开场白，即便用汉语读起来，语调也是昂扬舒缓，如风过大地。但这样一个排场的句子，却有一种向内的克制，而没有向外的张扬。这也是文字组合之功吧。一个磁场强大的句子，会为读者吸附来句子之外的更多元素，多过作者自身的意图与设计。这个句子一出场，博尔赫斯就让他的书写对象拥有了一种独步天下的味道：这里是世界的中心，这里要发生的是世间最该被瞩目的事件。

《镜子与面具》的丰富内涵和多义，导致几乎所有评论这篇文章的人都会来个事先声明：我说的可能不对；我说的是我自己的看法……表达方式不一，意思是一样的：《镜子与面具》可以有多种解读，我读出的只是其中之一；它可以有多种解释，我的未必对。如果每一种都未必对，那就说明每一种解读都是接近真相的一种。有人说，《镜子与面具》是写关于“真相”的，国王与诗人都走在穷极真相的路上。但我的阅读直觉是博尔赫斯对世间的真相兴趣不大。他在奠定了他文坛地位的《恶棍列传》序言中说过：“混乱之下，空无一物；大乘禅师的教导很有道理，那就是四大皆空。”所以，对《镜子与面具》的“真相说”，我还是决定绕道而行。

按照世间对《镜子与面具》解读的惯例，我要先做说明：以下我对《镜子与面具》的理解，是一孔之见。

《镜子与面具》是一篇探讨文学理论与鉴赏、追问文学终极之美的作品，它是博尔赫斯的文学主张：什么是文学的美；如何通达文学之美，文学的美应该是什么模样。最终，博尔赫斯带着对文学的迷恋，穷极追问文学的终极之美之后，写出了他对文学之美的恐惧。博尔赫斯构思《镜子与面具》的丰富性在于：他在写小说的同时，教授文学鉴赏。

国王对应召而来的诗人说的第一句话就是："最显赫的功绩如果不用文字铭记下来也要失去它的熠熠光彩。"——这是博尔赫斯在为文学的功能定位，在为它出现在人类社会的意义定位：没有文学，世界将失去光彩。如博尔赫斯那样真正理解文学、真正热爱文学的人，才会为文学说出这么有气派的话来。

国王接下来问诗人能否胜任颂诗的创作，他要的是像维吉尔讴歌埃涅阿斯那样，以求双双永垂不朽。诗人对国王的回答，可视为博尔赫斯所了解的一个古代爱尔兰诗人所具有的"十三般武艺"：精通韵律学、作为诗歌基础的三百六十个寓言、厄尔斯特和芒斯特的史实、最古雅的字句、最深奥的隐喻、爱尔兰所有王室的神话般的家谱，深谙药草的功效、星象占卜、数学、教会法规，精通讽刺，会使剑，会弹琴。"十三般武艺"的前十一种，是知识，通过后天的学习可以得来；后两种是肢体动作，通过后天的训练可以练就。药草的功效和星象占卜至今还在小说中起着增强神秘感与暗示的作用。这"十三般武艺"，通过学习和练习而得，离一个人的心灵还有相当一段距离。反讽，是文学中的高级境界。博尔赫斯为了表达他对这一阶段的诗人的否定，让诗人说出了这样的话："我精通讽刺，而讽刺能诱发包括麻风在内的皮肤病。"—— 这是一个拙劣的笑话。作者的文学认识、文学主张通过他对文学反面的否定而确立。脑袋里装满知识的人，有时候可能是麻木而迟钝的，是肤浅而盲目的，他们不是真正意义上的文学家。

国王的反应与回答比诗人更像一个诗人。这里体现出西方的文学传统，他们更愿意把文学里的国王或王子设定为知识分子，比如莎士比亚的哈姆雷特，比如深深浸润于西方文学传统的博尔赫斯的国王。把国王或王子的角色设定为知识分子，人物的魅力与文学的张力都会随之大大增强。

且看国王的反应：他对诗人的罗列深感厌倦。这就说明，国王深谙文学的真谛，他知道文学不可能通过知识来实现；或者说，知识不是通向不朽文学的路径。—— 这也是博尔赫斯的文学主张。国王对诗人的知识储备一言以蔽之："那类事情，我很清楚。"至此，人们知道，诗人的第一次创作注定失败。

诗人对国王的态度却不甚敏感，他心里想的竟然是谄媚国王。一个心怀谄媚的诗人，写不出不朽的诗句，就如心怀谄媚的士兵，不可能成为将军。诗人向国王行礼告辞时，心里已经琢磨出一些诗句。博尔赫斯这是在暗示我们，如此形成的诗句将是多么廉价。文学的基因里不应有谄媚一说，这依然是博尔赫斯的文学主张。

一年之后，诗人带来了他的颂歌。诗人不看原稿，他不慌不忙地背诵他的诗句。—— 这种姿态，说明文学之神尚未走进诗人的灵魂，而且他对文学尚缺恭谨之心。国王听得不住点头，满朝文武有样学样地赞叹不已，虽然他们有的人一个字也没有听到。这个情景仅仅是在说明满朝文武的平庸与逢迎吗？博尔赫斯其实是在这里表达他对平庸文学流传于世的某种忧虑。

国王对第一首颂诗的评论，再一次证明，国王就是博尔赫斯文学主张的代言人。国王先是肯定了颂歌的成就，指出那是又一场胜利，爱尔兰文学即便遭到毁灭，凭这颂歌就能重建。——这似乎是至高无上的赞誉。国王的以上赞誉，若是有敷衍和夸饰，那不仅有损国王高贵的形象，也会令被代言人即作者本人的尊严颓塌。博尔赫斯这个知识分子中的知识分子、作家中的作家是不会允许自己这么做的。国王说出的每一句赞誉都是阳光下的事物，它们明亮、坚实、可信：用词准确，用典皆有出处，熟练使用脚韵、叠韵、近似韵、音量、修辞的技巧，讲究格律的呼应。但是国王对诗人说出的那句话 —— 爱尔兰文学即使泯灭，凭你的古典似的颂歌就能重建 —— 是虚伪的吗？是冠冕堂皇的敷衍措辞吗？前面也说过，博尔赫斯不屑于这么做。那后世的读者该如何准确地去理解这句话呢？

—— 这是国王在庙堂之上评鉴颂歌，其实这更是博尔赫斯在千年之后评论他阅读的古英语版的国王故事的颂诗。博尔赫斯阅读的这篇颂诗，在知识上、在措辞乃至修辞上，无懈可击，是古英语文学的集大成之作。凭这，人们即可认识古爱尔兰文学，也就是国王所说的“凭你的古典似的颂歌就能重建”。这是博尔赫斯站在一般读者的角度对古英语版颂诗所做出的中肯评价。但是，在他的内心深处，这首颂诗并没有达到他认可的文学高度，他的阅读期待没有得到完全的满足。他要在千年之后继续提升这首颂诗的文学品质，他要借由对这篇颂诗的评论，向世人说明他的文学审美调性、诗歌主张、文学主张。

你看国王下面的话多么在行:“好虽然好，但是毫无反应。脉管里的血流并没有加速。手没有抓起弓箭。谁的脸色都没有变。谁都没有发出战斗的呐喊，谁都没有挺起胸膛面对北欧海盗。”—— 这也是博尔赫斯读罢古英语版的颂诗，掩卷叹息的地方。他肯定从古英语版颂诗中感受到了一种特殊的美，他想让这种美臻于极境。臻于极境的结局，他预料到了吗?

国王对诗人第一篇颂歌的嘉奖是一面银镜。银镜，在这里绝不会是一面银镜而已。银，在这里只是在修饰一种皇宫的出身，重在镜子。镜子本身具有无比的开放性和广阔性，它可以巨细靡遗地反映外界的事物，而且它对任何从它面前掠过的印象都不带偏见。—— 这是一类文学作品所能达到的境界，已经是不错了。但，这种境界的作品，如镜子能照出我们的面容却不能照出我们的心灵一样，它们不能打动我们的心，我们血流不会加速，我们的胸膛不会挺起，也就是说这类文学作品对我们的精神起不到再塑的作用。

诗人上了一堂文学鉴赏课后，很有悟性。他不再邀功，谄媚的态度也无迹可寻,他只是简单地说:“我明白了,十分感谢。”——这是博尔赫斯在举例说明文学鉴赏对世人的教化功能。

一年之后,诗人来了,带着他的第二首颂诗。“他并没有背诵，而是期期艾艾地照念，略去了某些段落，仿佛自己根本看不懂或者不愿糟蹋它们。”颂诗进入了那场打败挪威人的伟大战争本身，达到了文学作品五个层面的最高层面 —— 宗教。这第二篇颂诗的写作手法又如何呢？诗的形式古怪，精彩中不乏败笔出现，隐喻牵强附会。这里需要注意一点,作者在“隐喻牵强附会”之后，加了一句“或者看来如此”。这后加的一句，是作者在提醒我们，国王听懂了那隐喻，但定有没有听懂的人。诗人念罢，“国王同身边的文人交谈了几句”。第一次听颂诗，国王没有同任何人进行交流就开始点评了。而我们都知道，阅读是需要分享和交流的，前提是，当你读到了优秀的作品，打动你心的作品。所以，国王同身边人的交流，这一细节是在提示我们，诗人的第二篇作品已入国王之心。而且，他交流的对象是文人，是同有文学鉴赏能力的人，而不是听不见一个字也要学样赞叹的颟顸之人，这体现了国王对诗人的一种尊重。

第一篇诗作，被誊写在纸上，虽然被“三十名誊写员照抄十二遍”，那依然是纸。第二篇诗作的手稿，被装进了象牙盒子。诗人的第二篇诗作为他赢得了黄金面具。诗人面对嘉奖再次说出了那句简单的话:“我明白了，十分感谢。”上一次，他说出这句话，是针对国王对诗歌的调教，这次他明白的是国王对他给出的隐喻:黄金面具。

至此，我们知道，国王的文学鉴赏已深深影响了诗人。诗人与国王之间，已经有了心灵的沟通。他们不再是赏赐者和邀赏者的关系，他们之间成了知音的关系。这就是文学与人类应有的关系。国王这样评价诗人的颂歌:“愚昧无知的人看不出它的妙处，只配有学问的人欣赏。”“只配有学问的人欣赏”，这简直就是博尔赫斯的自况，是他在浩瀚的文学作品中徜徉时内心不止一次升起的慨叹吧。

诗人领受的第二个嘉奖黄金面具，其实质依然在于面具，黄金依然是皇宫出身的修饰。面具之下是什么？是眼、耳、鼻、舌，是身之首领的头部。这些器官，让我们身处事物本身，比如战争。这些器官，让我们身处世界之中，感受到自己的存在。戴上面具的我们，似乎拥有了某种神性。但这些器官，依然不是心灵本身，不是灵魂本身。犹如我们戴着面具与世界相处，隔膜依然存在。

在这一阶段的对话里，国王和诗人都提到了“三”这个数字：和寓言有关的“三”，和巫师有关的“三”，和神有关的“三”。读到这些，人们会心跳加速，因为我们似乎就要明白博尔赫斯要走向哪里。我们都知道文学的五个层面，但在诗人的第二首诗里，已触及宗教——文学的第五个层面。他还想怎样？

到了这个层面，博尔赫斯也知道文学之美，诗歌之美，都该止步了。博尔赫斯以小说著名，但他更满意的是自己的诗作。他是想试试看，从大山之巅再往前迈一步，会是什么结果。或者，博尔赫斯曾经这样思索过：文学的功能应该不仅仅是表达哲学、宗教的某一部分，或许文学可以成为宗教本身？

《镜子与面具》很好地体现了博尔赫斯的风格——尽量简洁的文字，尽量丰富的寓意。《镜子与面具》的终极题旨就是它的寓意：了解到终极之美，是一种罪孽，会导致灭亡，但人类却难以止步。他在文学鉴赏的途中，勘破世间的一个真相：所有迷恋的极致，都是恐惧，会走向灭亡。他在文中对这一世道人心提出了警告。

博尔赫斯没有停止对文学境界的追求与思索，他让国王向诗人提出要求，要更高明的作品。国王解释他的要求时，措词高贵而得体：“我们都是寓言里的人物，要记住寓言崇尚三之数。”

第三篇诗作来临之前的时空里，博尔赫斯在悄悄地丰富他的作品内涵：作品转入了探索、追问之后的恐惧。在前两篇颂诗里，博尔赫斯思索的重点是，文学如何更美。现在他在想，他带着对文学对诗歌的迷恋在想，更美之后会是什么？他的答案就是恐惧。

我们几乎可以推断，在这个地球上，博尔赫斯属于阅读世界文学名著最多的那一类作家。一个有极高文学天分的人，有那样的先天优越条件，在从容领略了世界文学的风貌之后，他会如何下笔写属于自己的作品？他会采取哪一种方式来写？这是在想象博尔赫斯这个人时，最让我感到激动的地方。就我对博尔赫斯小说作品的粗浅阅读来说，我觉得他在如何写上没有什么犹豫，他一开始就很镇定地选择了寓言故事这一古老的文学形式。他阅遍世界，回到了人类叙述史上的温暖故乡。而且，对很多作家而言，追求并形成自己的风格是一个过程；在博尔赫斯那里，他就像是无意追求什么风格。风格从他生命里来，犹如星象垂天而降：尽量简洁的文字，尽量丰富的寓意。《镜子与面具》单看题目，镜子、面具，这就不是好对付的物件，它们的多义性、神秘性让它们更多地出现在诗歌、戏剧里，带着诗的深邃与飞扬，带有戏剧那般对世界的疑问与警醒。

第三首颂诗创作出来时，《镜子与面具》已经由文学鉴赏转入了对文学终极之美的追索。第三篇颂诗，只有一行。诗人和国王都没有大声念出那行诗的勇气。读者亦无缘读到。读者只能通过国王的感受来想象那一句诗，它几近于巫术。

见到第三首颂诗，国王的语调在全文中首次发生了变化："'正是我们两人现在共犯的罪孽——'国王悄声说：'了解到美的罪孽，因为这是禁止人们问津的。现在我们该为之付出代价了。我赐给你一面镜子和一个金面具，这里是第三件，也就是最后的一件礼物。'"

博尔赫斯让国王赐给诗人的第三件礼物是一把匕首。诗人走出宫门的那一瞬间，就把匕首插进了自己的心脏。国王心怀那行诗句，作为一个乞丐，流浪人间。

有史记载：1014 年 4 月 23 日在都柏林附近的克朗塔夫决战中，布赖恩率军平乱，叛乱者失败，布赖恩亦阵亡。套接《镜子与面具》的时空设置，这是又一场克朗塔夫之战。

阅读有三个阶段：获取知识，改变气质，最终改变人们的生命。这是阅读的三位一体。写作的三位一体又是什么呢？描述外界，进入人的灵魂，进而融入文学之美本身并从中看到宇宙的秘密。

博尔赫斯的一篇小小说，其内涵丰富如此。他在写小说的同时，教授文学鉴赏。他在文学鉴赏的途中，勘破世间的一个真相：所有迷恋的极致，都是恐惧，会走向灭亡。他在文中对这一世道人心提出了警告。匕首没出现在标题里，从形式上看，它会破坏镜子与面具神秘的和谐。同时，隐藏它是为了更好地警告，在标题中寻找它的过程，就是警告回荡于读者之心的过程。

小小说文体本身不会拘囿文学内涵的表达，能拘囿更丰富内涵表达的，只能是作者自己。有人说，世间有两种作家，一种是博尔赫斯式的，一种是非博尔赫斯式的。让我们多向大师学习吧，小小说文体的空间还极为阔大，等待致力于小小说创作的人们有所作为，有所发展，有所创新。

小小说的叙述可以如电影般推进

——从博尔赫斯《结局》说起

有的小小说在叙述上存在扁平化的问题，直线叙述，较少调动场景变换，这会导致小小说叙述质地的薄脆。

想到这个问题，是在读了博尔赫斯的《结局》之后。学习一篇优秀的小小说，会让我们对当下小小说创作中存在的问题有所发现。提出来，希望能对小小说文体的自身发展有益。

《结局》写了一个因中风而半身不遂且不能说话的人，他躺在床上看了一场以复仇为目的的决斗。

以中风在床的人的视角去叙述这样一个故事，不使用电影一样的镜头语言，几乎是没有办法进行的。——博尔赫斯是一个对电影很有兴趣的人，或许他就是想在小说中试验一下电影镜头语言而创作了这篇《结局》。

中风的人叫雷卡巴伦，是一个杂货铺的主人。

小说给出的第一个场景：雷卡巴伦躺在小床上。镜头角度上调，顺着他的视线，人们看到倾斜的天花板，这是一个躺在床上的人看得最多的东西。镜头推近，观众会看出，天花板由芦苇编制而成。第一个镜头语言的完成，是伴有背景音乐的——吉他的弹拨声从别处传来。小说准确地告诉我们，吉他声来自另一间屋子，无休无止。就是这无休无止的吉他声，让我猜想，博尔赫斯就是想在这篇小小说中，试验他对电影镜头语言的运用。他边写边想象，如果这是一部电影……

芦苇编成的天花板，那单调而无穷尽的纹路和无休无止地纠缠的音符，会把观众的综合感受引向哪里？迷宫。正如博尔赫斯告诉我们的，一个糟糕透顶的迷宫，雷卡巴伦正受这迷宫的折磨。

镜头顺着雷卡巴伦的视线挪回到他庞大而僵硬的躯体，再向下，是他腿上的粗羊毛斗篷。

要想在小说叙述中打上“镜头”的烙印，除了叙述角度的灵活，出现的元素也要上镜才行。这里，芦苇编制的天花板和粗羊毛斗篷都很上镜。叙述者在对出镜事物的筛选上要下功夫。这样，从环境铺垫上，就会避免扁平化，就会捉住读者的眼光。也就是说，小说的布景要成功，要强调你笔下的人物和他所处的环境。

近景完成后，镜头调为远景：透过雷卡巴伦小屋的窗户栏杆，人们看到了窗外的平原，平原延伸至远方的地平线。而且博尔赫斯给出了平原上的光线：日外。这是属于下午的户外光线，很亮，但也有不同于上午的柔和度。这里镜头取景的视角是水平的。这种水平的角度，贴切地描摹着床上人雷卡巴伦的心境：他对自己的境遇已经接受。就像文字所表达的：“倒霉的雷卡巴伦却不自怨自艾，他像以前忍受美洲的严峻和孤寂那样忍受了半身不遂的事实。”——这就是镜头语言背后的文字。

镜头再回到床上的雷卡巴伦，这是一个中景镜头：他伸出左臂，来回摸索，小床脚旁的一个青铜铃铛被他拿在手里。“他摇了一两下”，他是怎么摇的，不用描述，读者自然可以想象出来：一个中风的人如何摇动手中物。

作为背景音的吉他声依然在继续，镜头循声音转到另一个房间：一个黑人在弹吉他。——一个几乎静态的拍摄对象，随后的画面是动态的：雷卡巴伦的屋门被推开，一个带有印第安人特征的小孩儿出现在镜头前。小孩儿与雷卡巴伦的交流是通过眼神和手势进行的——雷卡巴伦用眼神问小孩儿：“有主顾吗？”小孩儿用手势回答他：“没有。”

镜头没在小孩儿那里停留，而是回闪给了雷卡巴伦。一个半身不遂躺在床上的人，一个没有主顾的杂货铺老板，他的心境该用什么样的文字来直接表述？所有的直接表述都是多余的、不恰切的。博尔赫斯把心理描写的文字再次让位于镜头语言：躺在床上的人独自待着，他用左手抚弄着铃铛，仿佛在施什么法力。——这个镜头语言，道尽了一切，以一种含蓄、有力且神秘的方式。

镜头里的光线显示了时间的变动：窗户外平原上的光线告诉我们，下午的时光一刻没有停留，已近黄昏。运动取景开始了。在黄昏的光线里，我们看到了一个远景镜头：地平线上有个黑点起伏波动，越来越大，原来是个骑手，朝杂货铺或者像是朝杂货铺跑来。这个镜头将读者成功地导向了景框内的人物，即那个骑手——骑手戴着帽子，身着深色的长斗篷，骑一匹白花黑马。骑手在马上，我们看不清他的面孔。

我想这个运动取景镜头会在读者心里留下比较深刻的印象。首先，这个镜头挺美的。其次，就是随着这个镜头，小说由狭窄封闭的环境进入开阔的空间。前面反复铺垫的弹吉他的黑人也要活动起来了。

通过雷卡巴伦的视角，我们看到从地平线附近过来的人物在离窗户一百六七十米远的地方拐弯了。

镜头以雷卡巴伦为中心，响起了画外音：骑手说话的声音、骑手翻身下马的声音、马的声音、骑手走进杂货铺的声音。

场景进行了调度，镜头切换到了弹吉他的黑人那里——

> 黑人似乎在吉他上寻找什么，没有抬眼，从容不迫地说：“先生，我早知道你靠得住，会来的。”

真正的故事开始了。骑手和黑人的对话，雷卡巴伦一句不落都可以听得到——黑人在杂货铺等了骑手七年，就为今天的决斗。

接下来的段落，可视为博尔赫斯在展示电影中台词的巨大魅力。

> 接着他仿佛是自言自语地补充说：“我的命运要我杀人，如今再一次把刀交到我手里。”
>
> 黑人似乎没有听到，自顾自说：
>
> “秋天一到，白天越来越短了。”
>
> “剩下的光线对我足够，”对方说着站了起来。

——这台词的风格倒有点儿像《东邪西毒》。

场面调度在空间与时间中展开，画面转至室外广阔的空间：黑人与外地人并排走在平原上，“离开房屋有一段距离了”——这个距离，是从雷卡巴伦的视线里算出的。镜头里的时间已变换为夜晚：平原上到处一样，月光皎洁。这里应该是个长镜头，其长度决定于博尔赫斯想让他们走多长时间。我想这个时间不能太短，太短的话，从外在来讲，显不出平原上月光皎洁之美；从内在表达来讲，传递不出黑人、外地人以及窗子后面注视他们的雷卡巴伦的命运感。他们三人奇怪的命运在这个长镜头里第一次聚合、交叉，进而传递出一种奇怪而丰富的艺术观感。

聚合与交叉注定是短暂的，而且这种镜头的给出也是要克制的。皎洁的月光之下，广阔的平原上，黑人与外地人相对站定。

镜头分别向黑人和外地人推进。先是外地人解下马刺，接着两人都把斗篷卷在了前臂。这就是说，刚才长镜头中的两个人都是穿着斗篷的，如此一来，那个长镜头从观感上就更美了。

黑人在月光之下说出了凶狠的话：

> “希望你在这次格斗中拿出所有的勇气和奸计，正如七年前你杀我弟弟的那次一样。”
>
> 在他们的对话中，马丁·菲耶罗也许是第一次听到了仇恨的口气。

外地人的名字第一次出现在文中。读者注意到没有，那人在马上时，被称为“骑手”；下了马，走进杂货铺后，就一直被称为“外地人”。到了此时，我们才知道他的名字叫马丁·菲耶罗。这个名字一出现在文中，读者应该有一种感觉：决斗中失败的一方会是马丁·菲耶罗。他的生命将在异乡消亡，他的名字将留在异乡的平原上。

恶斗开始了，特写镜头：马丁·菲耶罗手中的刀刺向黑人，黑人脸上划出一道口子。

博尔赫斯一定无意于专心写一场决斗，他那样一个热爱读书的人。他把镜头在空间上做了一个大幅度调转，转向平原的远方。镜头独自运动，不再跟随人物。这个镜头是要平原说出它的话：

> 平原仿佛有话要说；它从没有说过，或许地老天荒一直在诉说而我们听不懂，或许我们听懂了，不过像音乐一样无法解释……

博尔赫斯也很好地运用了剪辑手法，镜头淡出：雷卡巴伦躺在小床上看到了结局——菲耶罗永远躺在了异乡的平原上。

雷卡巴伦的小屋里应该不会点灯，那么，皎洁月光下的平原与漆黑小屋之间，会有自然形成的高反差布光。这种布光效果，将平原上的一切引入神秘与危险之中。博尔赫斯在写作的时候一定想到了这一点，而且他深深明白，这个布光效果有多美。

最后一个镜头：黑人缓缓向房屋走来，没有回头张望。

博尔赫斯说出了话外音：他杀了一个人，世界上没有他容身之地。这个画外音响起时，镜头一定会收梢在床上的雷卡巴伦身上。——他虽然躺在床上，却同样没有容身之地。菲耶罗在异乡的平原上，有了永久的容身之地，生命却已消殒。三个人的命运在这里再次交集，就像是一次重叠剪辑。

在小小说中，恰当地嵌入电影镜头语言，会有效提升小小说的叙述品质，同时也会使其文学主题得以加强和深化。电影镜头语言的悠长意味，也会把一篇作品深深地植入到读者的脑海里，就如同这篇《结局》。

小小说的叙述视角来自叙述者的身份

——从博尔赫斯《女海盗郑寡妇》说起

《女海盗郑寡妇》是博尔赫斯《恶棍列传》中的一篇，有“十年磨一剑”“指挥有方”“年轻皇帝嘉庆发话”“惊慌的海岸”“龙与狐狸”“精彩的结局”6个章节，加上“引子”共7个部分。“引子”可作为单独的一篇小小说来读，“十年磨一剑”也可以当作独立成篇的小小说，而“指挥有方”“年轻皇帝嘉庆发话”可组成一篇小小说，“惊慌的海岸”“龙与狐狸”“精彩的结局”亦可组成一篇小小说。总体来讲，我是把《女海盗郑寡妇》当成小小说来阅读的。

《恶棍列传》是博尔赫斯的第一部短篇小说集，出版的时候他36岁，之前他更倾心于诗歌的创作。博尔赫斯在文坛的地位煊赫，前面已经有介绍，这里不再赘言。《恶棍列传》可以说是他很重要的短篇小说集。说实话，我初读《恶棍列传》，感觉有点蒙：都说博尔赫斯的作品难以解读，可这《恶棍列传》也太简单了吧！一定另有深意，可这深意又在哪里呢？拿《女海盗郑寡妇》来说吧：一个海盗的遗孀做了海盗头子，称霸海上13年，然后接受了朝廷的招安。一目了然。通篇对女主人公郑寡妇的心理描写，似乎只有一句“痛苦地陷入沉思”。文中另一句心理描写给了嘉庆皇帝:“嘉庆更伤心的是讨伐的失败。”人物出场都很戏剧化，像被画好了脸谱，定好了台步，随着鼓点就出场了。要枪动棒，一番舞弄之后，大戏落幕，收场。这可是博尔赫斯?

博尔赫斯在“引子”里倒是主动道出了文章的基调，让人想起已经过时的说唱剧。可在大师手里，没有过时一说。“引子”把历史上的女海盗拣了两个来说:玛丽·里德和安妮·邦尼。听名字就是郑寡妇的异邦同行。这两位最终都上了绞刑架，由此引出郑寡妇。

“十年磨一剑”一节，先说一个姓郑的海盗带领大家打家劫舍，后因打算接受招安被同伙毒死。他的遗孀就是郑寡妇。自始至终，郑和他的遗孀都没有名字，只有姓和随夫的姓。——他们的名姓并不重要，重要的是他们的行为。郑寡妇见郑被毒死，七窍生烟，她做了海盗们的首领。“这个女人身材瘦削，轮廓分明，老是眯缝着眼睛，笑时露出蛀牙。”这和“引子”里的女海盗安妮·邦尼形象迥异。安妮·邦尼长得光彩照人，乳房高耸，头发火红。“指挥有方”一节简述了郑寡妇的13年冒险。填充的细节是郑寡妇亲自制定的规章制度,每一条后面都有“违反本款者斩”，让人想起她眯缝的眼。“年轻皇帝嘉庆发话”一节的重点在博尔赫斯杜撰的嘉庆的一道敕令，他要招安郑寡妇。郑寡妇不从，大败帝国的水师，水师将领郭朗自杀。“惊慌的海岸”一节写郑寡妇得胜后加倍报复，在西江口烧杀掳掠。嘉庆再次派出水师，水师的将领叫丁贵。“龙与狐狸”是一段很有意思的文字，调性上属于中西结合。丁贵并不和郑寡妇开战，他让人每天放飞用纸和芦苇秆扎的龙旗，上面写着龙和狐狸的故事：狐狸为非作歹，龙不计前嫌。这个戏目上演多日后，郑寡妇恍然大悟：狐狸寻求龙的庇护,接受了招安。“精彩的结局”里,郑寡妇不再叫“郑寡妇”,改叫“慧光”,一个中国人一看即知的佛教徒的名字。

我把每一节的内容大致罗列出来,是想让大家看明白一个事实,那就是《女海盗郑寡妇》的叙述视角采用的是外视角,一种超然的视角。博尔赫斯似乎对郑寡妇一无所知,这让他的叙述将简洁与戏剧化融为一体。他选用外视角,就是为了这个戏剧化的效果吗?笔者这篇文章的标题是“小小说的叙述视角来自叙述者的身份”,这里所说的“叙述者的身份”是作者在叙述中的自定义身份——我从什么样的身份出发,去观察并描述我的叙述对象。

博尔赫斯在《女海盗郑寡妇》或者在他的整个《恶棍列传》里,他的自定义身份是什么?只有明白这个,才会明白博尔赫斯为什么会这么写。也是经由作者的点拨,我才明白,博尔赫斯在《恶棍列传》里的自定义身份是:大乘禅师。大乘禅师看芸芸众生,生生死死,都是四大皆空。悟出这一点,《女海盗郑寡妇》乃至整个《恶棍列传》才真正光彩熠熠起来。再一次阅读《女海盗郑寡妇》,就像它原是一枚没有熟透的果子,突然在枝头成熟,你能闻到它馥郁的香气。如此,一篇小小说才在读者心里正式确立起来。

在大乘禅师的眼里,色即是空,空即是色,诸多人物,诸多传奇,最终都要归于四大,四大归于空,空中升起慈悲。在大乘禅师的慈悲心里,一个东方女海盗最终都要皈依到佛光的护佑里。佛光,应该就是宇宙间存在的最大善意。——这就是博尔赫斯理解的东方吧。这就是一个作者的自定义身份决定的叙述视角,由这个视角出发,一切都是梦幻泡影。这决定了小说的叙述手法:简洁白描,即对人物的一切悲喜哀愁都不用加以细述,人物各个表情平静，走完该走的宿命。读懂一篇小小说，有时候需要先读懂作者，尤其是对像博尔赫斯这样的作者。否则，我们读者有可能会入宝山却空手而归。

阅读命运的轮转回环

——从科塔萨尔《公园续幕》说起

小小说因体量短小，很多作家在进行创作时，会非常注重创作的手艺与智性，作品中暗喻丛生，有时甚至结构本身就是暗喻。这会导致一个结果，这种“高级感”十足的小小说作品，会和一部分读者擦肩而过。

真正进入一篇小小说，需要阅读的训练和准备。

胡利奥·科塔萨尔的《公园续幕》，这篇九百多字的小小说，曾经是我阅读经历中的一个梦魇。科塔萨尔的小说具有不可复述性，犹如一枚硬币的两面，不可复述的背面就是他的小说便于概括。《公园续幕》讲的是：一个看小说的男子，要被小说中的男主给杀掉。

第一次和它擦肩而过，我还很年轻，那时在我的眼里心里，一年四季都是阔大明亮的夏天。所以，不论第一次见到它的季节是不是夏天，我都会记成夏天。

一间办公室，堆满各种账本。我坐在深绿色保险柜旁边的椅子上，打开了一本书。别的记不住什么，只记得一篇小说里，一个人坐在绿色椅子上，被一个从小说里走出来的男人给杀了。我一点也看不明白，于是就不喜欢，摇摇头，这本书就从我的生活中消失了，像巫婆手心里的一团烟雾一样消失了。而且留下一个深刻的印象——外国小说一点都不好看。这种印象让我在很长时间里排斥外国小说。

其实那个下班后的黄昏，常规情况下，我这个刚上班的小出纳应该拿一本《青年文摘》《读者》什么的，拿一本外国小说集子确实有点奇怪。我母亲的一个女朋友，有大量的藏书。她的藏书在我们那个钢铁小城很有名气。她的书很少外借。似乎也很少有人能接触到她，她身材颀长，有着仙鹤一样的手腕和脚踝。小时候，我母亲领着我去菜市场买菜，我总是渴望碰到她。瘦瘦高高的她站在菜市场的某个角落，她抬起仙鹤一样的手腕抚摸我的头顶，我觉得周围的蔬菜立马插上银光闪闪的翅膀向空中飞去，菜市场变成童话世界里的一角。我说了这么多关于我母亲的这位女朋友，其实我想说的是，在那个阶段，我觉得我母亲的这位女朋友就是文学本身。这是一种对文学的幼稚感情。

有一天，她弟弟把她的书——很多的书——偷偷借给了一个不那么爱惜书本的女孩子。还回来的书，多已经面目全非，卷边儿、汤渍、缺页等。我母亲的女朋友震怒。震怒之下，姐弟矛盾激发了母女矛盾，继而是父子矛盾、夫妻矛盾乃至全面的家庭矛盾。最终，她撕了书柜里的书，装进麻袋卖了废品。这件事，当时在我们那里还挺出名的。我在财务室看的那个集子，应该是我妈陪她卖废品时，一时心血来潮抽出来的。

生活是个寓言，我们就是寓意。这个事情的寓意就是，一个没有文学天分、从小到大没有被文学涵养过的人，她可以偶然地遇到一篇珍贵的小说，但那小说会像废纸一样从她的生活中消失。

多年以后，又遇到《公园续幕》。我在一家单位的门卫室等人。一张杂乱无章的桌子上，躺着一本书。没有皮儿，卷着边儿，脏污的浅灰色。它就那么躺在那儿，一副委屈到极致以后的坦然。我随手翻着那本书，在一页的上面，看到了一行字：一个人一直坚持，就一定能成功。一种执拗的火柴棍一样排列的笔迹。在这样的一行字的下面，我看到了《公园续幕》的标题。门卫探过头用手指点着那行字，扭头示意他身边的一个人看。那人是这家公司的职员。那人看了一眼，两人就心领神会地交换了眼神——他们都明白这是谁写上的。他们都了解那是一个什么样的人。这个人，让他们心情复杂。那职员显然和门卫有着不错的友谊。他说："你可以想，她在黑夜里下的心劲。有这心劲的人，就有这样的笔迹，就会选择去深圳。"职员好像觉得门卫一个人倾听已经不能消解他的心情，他转向我——一个陌生人——说："她就在前天走的啊。前天。"门卫拉下嘴角点着头，用眼神赞赏着他朋友的见解。

多年以后，到了今天，我仍记得门卫的眼神：质朴，安生，笨拙。我记得那个职员说"前天"时的语气，有一种含义复杂的向往，就像风吹出的线条，飘摇不定地带出一种不安分。在他们的对话中，我把《公园续幕》读了一遍，两分钟的时间而已。读着，我的心理反应是，我见过它；我的生理反应是，脑仁疼——一种让我排斥的疼痛感。排斥是由于一种熟悉，一种没有能力去回避的重复。当年，高三，我面对一个个化学分子式时，就体验过这种脑仁疼痛的感觉：在流逝的时间中，一无所获，一种厌倦感彪悍地升起来，足以让我的少年时代变形，赶走所有的自信和快乐，我就会收获这种脑仁疼。门卫和职员的对话结束了，《公园续幕》

在我的手里再一次成了一团转瞬即逝的烟雾。

在回忆那和文学无关的眼神、语气、火柴棍一样的笔迹时，我是想尝试着说明，更多的人，更多没有学文学专业，没有从事文字工作的人，没有经过文学阅读训练、没有接受文学指导的一个人，他们面对一篇主旨不那么一目了然的小说时，他们真实的反应是什么样子的；我是想尝试着说明，一篇小说，无论它在属于它的世界里有多么大的名气，在人类文学史上有多么珍贵、多么被推崇被热爱、多么像个亲人一样被念叨，可在另一个世界里，一个非文学非小说的世界里，它却是那么沉默，没有面目，没有温度；在非文学的普罗大众那里，它的真实处境就是被淹没，淹没在人们日常的眼神和语气里，永无出头之日。

于是，我尝试着想，一个诗人、小说家在写作时，如果想的是如何尽可能地扩大他的读者群，那就是在犯罪。可是，面对一首好诗、一篇好小说，能很好地向人们推荐出去，在人们的心底引发美好的感情，让文艺的种子、审美的种子在人们的心底生根发芽，那将是一种高尚的德行。可是，一种什么方式的推介与引领，才是合适的呢？

后来，我做了文学刊物的文字编辑。做了文字编辑，并不是水到渠成地就有了阅读能力的提高、文学鉴赏功夫的超拔。对一个天分低矮、后天懵懂的人来说，自觉地提高，是个小概率事件；更实际的情形是，我在光阴的水里随波逐流。我忙忙碌碌地做着文字编辑的工作，相当于在文学的身边打转儿。那情形真的很像一个仆人怀着天然的热情，在为他的主人工作。而对主人真正想要什么，并没有去想，也没有能力去想。偶尔主人在他忙碌的时候，投过来一瞥，那一瞥里有些许的赞赏，更有期待，期待他忙碌的仆人能明白他心里真正想什么。那仆人却只是瞬间感受到那一瞥里的温暖，感到一种莽撞的激动，却无力真正解读。

直到我遇到了哈罗德·布鲁姆——他的《如何读，为什么读》，从这本书开始，我的人生才算有了文学课。由他开启，我迷上了文学评论，我才明白，什么是诗，什么是散文，什么是小说。哈罗德·布鲁姆的文学评论，总让我看到一束“高光”打在文学的身上。后来是纳博科夫，读他的小说评论，如魂附体。布罗茨基的诗歌评论，是逐字逐句甚至是逐字母地赏析。我找到了他在中国的镜像，那就是顾随，顾随的《驼庵传诗录》。顾随在讲一首诗时，逐字逐句之外甚至会从字形的胖瘦出发，引领我去体悟诗歌之美、汉语汉字之美。教授我文学课的还有余华、毕飞宇、特里林、弗里德里希等。我对他们的热爱，在现实生活中无从表达，我就把我的某些密码设置为他们名字的混拼，这种秘密的深入骨髓的敬意，用密码来表达，很合我的心意。

有一天，我半靠在沙发上，透过北面的窗子，看着蓝天——那不被南面晃散的蓝天，和一个文友聊天。对方说：“文学评论咋写呀？”我带着儿童期的胸有成竹说：“所有的文学评论都是给那些阅读者指明方向的，把他们从灰暗不明的地方，引领到光明之下。”我的潜台词是，某些大言微意的评论，会把阅读者（尤其是那些脆弱的阅读者）推离文学。

这绝不是说，关于《公园续幕》，我会传达给你“高级”的阅读鉴赏。不是这样，还不是这样。又见科塔萨尔，是在很多年很多年以后。一个朋友从网上订了一本《游戏的终结》快递给我。你知道，那本书的开篇就是《公园续幕》。

我得把《公园续幕》放一放，再去说点别的。

我的整个中学时代，假如有课外阅读，就是读唐诗宋词。课下的走廊里，多的是谈论苏东坡、王维的同学们。我那时候真的年少轻狂，熟读他们的句子，从不记他们的名字。我记得我给同桌说：“记住句子就好了，再记名字多傻气。”或许潜在的心理是，摆脱了考试的束缚，不用背作者的名字、作者的号，只由着性子读那些喜欢的句子是多么惬意的事。这样想也还算好。偏偏，那个时候似是而非地知道了一个词，叫“高蹈”。词语影响生活。我把自己不记作者名字的行为视为高蹈，把那些记得一串一串作者名字的同学鄙视为“他们只是为了谈吐，他们根本不像我这样真心喜爱那些诗句”。Okay，多体面的小心眼呀，多么可爱的轻狂的少年时代呀。一种行为一旦有了精神含义，就会比较容易持续下去。我就是这样一路持续了下去，尤其是面对国外的文学作品，就彻底地不记名字了，直到遇上“基督与反基督三部曲”之《诸神的复活：列奥纳多·达·芬奇》，我非常庆幸，在我有体力的时候读了它，53.8万字的它。秉着对它的热爱，我一口气读了“基督与反基督三部曲”的另两部：《反基督：彼得和阿列克塞》《诸神之死：叛教者尤里安》。那是一个盛夏的中午，681页的《诸神的复活：列奥纳多·达·芬奇》，我读到了633页：

> 与此同时，他（笔者注：达·芬奇）也意识到自己在追求比布奥纳罗蒂（笔者注：米开朗基罗）更重大的和更高尚的理想——追求联合，追求最后的和谐，这是布奥纳罗蒂所不知道而且也不想知道的——他处于无限的分裂、愤怒、狂暴和混乱之中。列奥纳多想起了蒙娜·丽莎评价米开朗基罗的话：他的力量如狂风，能

让山崩地裂，在主的面前使万仞高山坍塌，可是他列奥纳多却比米开朗基罗更有力量，犹如寂静胜过狂风暴雨一样，因为主是在寂静之中，而不是在狂风暴雨中。如今他比以前更清楚了，的确是如此：蒙娜·丽莎没有说错，人的灵魂迟早要回到他列奥纳多所指出的道路上来，摆脱混乱，走上和谐，摆脱分裂，走上统一，摆脱狂风暴雨，走上寂静。可是有谁知道，布奥纳罗蒂还得把这种胜利保持多久，他还得率领几代人前进？

读到这里，我双手捧着书盖在了脸上，为的是给那夺眶而出的泪水一个心理上私密的空间。看看这个作者有着什么样的灵魂，看看这个伟大的灵魂在用心传递给我们什么。泪水为这一段文字而流，也为前六百多页集聚的感动而流。我把书从脸上移开，右手食指夹在633页，看着封面，作者：德·梅列日科夫斯基；译者：刁绍华、赵静男。那一刻，就在那一刻，那个白衣飘飘的少年的影子，那个轻狂的少年的影子，彻底离开了我的生活，转身走入记忆。像感到彼得·潘的离去一样，我的心里多少有些五味杂陈。但那五味杂陈有些轻飘，它们似乎也更乐意看到一种更为深沉的情感降临到我的生命里。看着封面，我发誓：从此，我会认真记住作者的名字，为了表达——深深的感激。

林达的《西班牙旅行笔记》和田晓菲的《赭城》，我喜欢对照着看。我戏称，林达们的文字，是淬过火的；田晓菲们的文字，是镀过金的。淬过火的，胸怀深沉；镀过金的，气象雍容。这两种美，我都由衷地喜爱。那是一个四月的晚上，季节不会记错。我靠在床头看《西班牙旅行笔记》，看到一个细节：林达夫妇住在一个家庭小旅馆里，却在吃饭的时间去到了外面的街上，两个人吃着简单的饼干，而他们的胃是不适合饼干的。当他们回到旅馆才发现，旅馆里他们想吃的饺子是免费供应的。我翻身下床，赤脚站在地板上，打开书柜，拿出林达的书估算着印数，心里给出一个不敢太高的版税率，计算了一番后，安心地关上柜门，钻进被子。春天的瓷砖地板还是很凉的，被子传递的温暖强化着我心中的“小确喜”：现在，林达出去旅行，再也不用吃那伤胃的饼干了吧。

就要说到马塞尔·普鲁斯特的《追忆似水年华》了。那天在办公室看到《追忆似水年华》中的这样一个情节：“我”和外祖父在田园散步时，迷恋上一块路边的石头，并对那块石头产生了一种温柔真挚的感情。“我”落在了后面。外祖父他们回头招呼“我”，“我”不能不服从外祖父的召唤，又羞于让人们看出“我”对一块石头的感情，“我”不得已心里恋恋不舍地离开那块石头，跟上了外祖父的脚步……那段文字带着让我悚然的美感击中了我，它让我童年的一个瞬间再现，我的脊椎骨有一股过电的感觉。那瞬间过电的感觉让我难以继续阅读，我对同事说：“阅读的极度快感是靠脊椎来接收的。”同事敷衍了我一个不完整的句子，约等于一个模糊的感叹词。几秒钟后，同事站了起来，看向窗外。我知道，我过于私密的阅读感觉让对方不那么自在。我收住了进一步交流“阅读心得”的欲望。可是，我后来遇到了纳博科夫。他在他的《文学讲稿》中说：

> 虽然读书时用的是头脑，可真正领略艺术带来的欣悦的部位却在两块肩胛骨之间。可以相当肯定地说，那

背脊的微微震颤是人类发展纯艺术、纯科学的过程中所达到的最高的情感宣泄形式。让我们崇拜自己的脊椎和脊椎的兴奋吧。让我们为自己是脊椎动物而感到骄傲吧，因为我们本来就是头部燃着圣火的脊椎动物。人脑只是脊椎的延续，就像烛芯穿过整根蜡烛一样。要是消受不了那种震颤，欣赏不了文学，还是趁早罢休，回过来看我们的滑稽新闻、录像和每周的畅销书吧。

读了他这段文字，知道我什么感觉吗？确切的兴奋和确切的沮丧同一时间抵达我的身心。——兴奋的是，路上终于有伴；沮丧的是，你所能感受到的，有人早就更高级地感受过了，领悟过了，你只是个小渣渣。后来的日子里，我一次次在脑海里诵记这段文字，当初的沮丧，一次次变成滋养一种真切的崇敬感情的养料。

已经说到了脊椎，离头颅不远了。“那正读着小说的男人的头颅”正是《公园续幕》最后的文字。好了，可以说说《公园续幕》了。

“他几天前便开始看那本小说了，后来因为生意上有急事，就暂时搁下了。”

“几天前”这三个字轻而易举地貌似漫不经心地道出了主人公对所读的小说的眷恋，甚至三个字的读音在这里都带有了缱绻的意味。紧跟着的“生意上有急事”，更透出了小小的恨别离的情绪。这开篇的第一句话就是要让你知道，这是一篇关于人与小说的小说。“搁下了”，只是搁下没读，却是随身携带。因为——

“乘火车回庄园时，他又打开了那本书，不禁被小说情节、人物形象慢慢吸引住。”

这一次的被吸引，使他不想再被动地接受和他的小说的别离了，他要采取主动。于是——

“他写了封信给他的代表律师，跟管家谈了谈有关田契的问题……”

律师、田契，是什么？是现实的生活，它们存在于“他”和“小说”之间。就像当年存在于我和《公园续幕》之间的财务室的账本和保险柜。处理完这些问题，他终于又读起了那本书。那是一种什么读法？

“书房一片静谧，面朝着栎树公园。他惬意地靠坐在最喜欢的扶手椅上，背对着门，因为看着门就似乎意味着会有什么东西突然闯进来，这会让他不痛快。”

——这段文字所营造出的氛围，你有点熟悉，却又觉得在这里似乎有点难以说出口。是的，这种氛围是相见的氛围，是那种珍重的喜悦的相见。和热恋中的相见相同的是都具排他性，但还是不一样，这种人与小说的相见有一种更为宽广、更为自由、更为舒适、更为清明的境界在，远离了人与人相见的复杂。他背对着门所拒绝的那些“something”，显然是生意，是地契，是律师，是他赖以生存的那个物质的世界。

终于相见。

“他左手不自觉地一次次抚过扶手的绿色天鹅绒，读起了最后几章。”

这个小动作你是不是会很熟悉，在你沉浸于阅读，而那阅读又那么合你的心意时。文字对你心智的改变，往往是在你还没意识到的时候。就像海底喷浆的时候，海面会微微波动，但海面并不知道海底发生了什么。阅读中，你肢体末梢的轻微摆动、细微动作（你在当时很有可能会完全意识不到），透露着你的心理空间被重新构造的消息。看看，他的手一次次抚过的可是天鹅绒啊，如果是栎木扶手，感觉也对，但是差道劲儿。差到哪儿了呢？天鹅绒会让那“几近变态的快感”来得毫无阻碍，会隐隐暗合后面偷情者的到来。“最后几章”，预示着结束和高潮。

“一行又一行，他渐渐抽离于周遭的一切，却又同时感到自己的头正舒舒服服地靠在高靠背的绿色天鹅绒上，感到香烟仍然触手可及，感到落地窗外晚风正在栎树间轻舞；他享受着这种几近变态的快感。”

阅读真的可以完成人们的愿望：抽离于周遭的一切。香烟仍然触手可及，你知道，那个“仍然”是在告诉你，他已经几近灵魂出窍了。蹚过长年流水，让我读明白这篇小说的就是这句话——“他享受着这种几近变态的快感”。没有这个变态的快感，就不会有文章结束时的“他”被书中人物谋杀。这也是我当年怎么也读不明白的地方，我梦魇的主宰。这个句子出现在小说大约三分之一处，心脏的位置。

读明白这一点，靠的就是我前面那些唠唠叨叨的文字，靠的是一个人和文字建立起来的亲密关系，靠的是建立这种关系所经历过的那些过程和感受，靠的是在阅读中和那些作者的伟大灵魂所建立起来的永不破灭的感情。

文学作品阅读，在我的认识里，很长一段时间属于纯粹的精神生活。后来，我明白一个道理，真正的艺术从来不离开你的肉体单一地存在于你的精神世界。那些真正打动你的文学作品一定会惊动到你的身体。或许音乐、绘画、电影更容易影响到你的身体，但文学阅读的快乐，会更多地需要阅读者自身的储备来实现，来得比较慢。但一旦体验过，你就不再会拒绝重复这种体验。

小说后来的描述更精彩，但是就像你明白了魔术师的手法，无论他再变出什么，你都会微笑着观看，观看中会充满愉悦、惊喜，即便他手法最精湛处，你也会心领神会地在心里说着“I see，I see”。后面大半的文字，科塔萨尔在描写他虚拟出的小说中的人物行为，明清小说里不少见的人物行为：一对偷情的男女，要谋杀那女人的丈夫。不同的是，科塔萨尔把那一段谋杀前的相见描写得像开满鲜花的藤蔓，花与叶都美极了；藤蔓上有尖利的刺，又紧张极了。总之，又美又邪恶。这段文字里，“爱抚”这个词出现了两次，它让我同步感受到“他”的手一次次抚过绿色天鹅绒的扶手。这段文字的节奏极快，快到让我们不得不注意到，这是科塔萨尔在提醒我们：那个高靠背椅上的男人正在他阅读的小说中沦陷。令人惊艳的是，科塔萨尔在这样紧张的叙述节奏中，竟用了一个貌似抽身而出的句子：

> “抵在胸前的匕首已热，其下悸动的是被羁绊住的自由。”

在我看来，这绝不是一个叙述句，这是一个激情澎湃的诗句，它在传递阅读者的心跳，它在赞颂小说那能够让人发狂的魔力。

终于，“他”读着的小说中的男杀手开始行动——“于是他手握匕首，看到落地窗外的光线，看到绿色天鹅绒扶手椅的高靠背，看到扶手椅上那正读着小说的男人的头颅。”

文章结束了。《公园续幕》就是科塔萨尔在用“他”的头颅——那燃烧着圣火的头颅——向小说这一文学体式致敬，向小说写作这一人类行为致敬。

我这么说，这么毫无顾忌地说，一半原因是我觉得我说的有一定的道理，另一半原因则是我深深知道，没有谁能把科塔萨尔从蒙特帕尔纳斯墓地请出来，对我这个说法做个评判。即使他在，我相信他也会说：“在我的小说和它的读者之间，我只是个客人，客人就该保持适度的沉默。”说罢，他骗腿儿骑上他的哈利路亚自行车，头也不回地走了。

科塔萨尔把这篇《公园续幕》刻意地分为两段，对这篇小小说而言，这是最好的划分方法吗？他是不是在暗示，在他的认识中，人这一生，有没有小说的介入，会是截然不同的？假如他真这么想过，从我认知《公园续幕》的过程来讲，我完全认同他的看法。愿他安息。

小小说的风格是一个尊严问题

——从科塔萨尔《朋友》《河》说起

我读科塔萨尔的《公园续幕》，是硬生生地读，不假他人的评论，甚至刻意回避有关他的生平简介。那种阅读乐趣，也是阅读体验中的特例——执意避开现成的路，一头钻进路旁不见天日的灌木丛。

身边有不少文艺青年喜欢科塔萨尔，以至于让我认为，科塔萨尔是畅销书作家。事实上，他不是，他的书相对小众。但，所有和他的作品真切打过交道的读者，都不会再放下他。

很多读者都说科塔萨尔的作品，不好读懂，似是魔幻的深渊、梦境的迷宫。

但是，以我自己的方式读过《公园续幕》后，我不再觉得他的作品难懂。相反，他的作品在我面前呈现出水晶的质感。

其实，有一个人，他一开始接触科塔萨尔的文字，就一眼读懂了他。这个人就是豪尔赫·路易斯·博尔赫斯。科塔萨尔出道的时候，博尔赫斯坐在阿根廷文坛教父的位置上，接过了他的《被侵占的房屋》。两周之后，《布宜诺斯艾利斯年鉴》上发表了科塔萨尔送来的作品。博尔赫斯这样说科塔萨尔给他的第一印象："一个高个子的人"；博尔赫斯这样说科塔萨尔的作品：他的作品不可复述，所有的复述都是损失。这是轻描淡写的话吗？他为我指明了科塔萨尔文字的特质：他在写简单平常的事物，可是由于其文字的繁复、文风的独特，对那简单平常的事情，作为阅读者，我们竟是无法复述。博尔赫斯或许也一眼就看出了科塔萨尔对文学的追求：和别人不一样，要有自己的风格。他的构思、他的暗喻，同为阿根廷人的博尔赫斯一眼就能读懂。科塔萨尔给自己的文学定位，文坛教父博尔赫斯能当下就心领神会。作品从编审到校对到印出，是需要时间的。可是你看，博尔赫斯接过他的作品两周之后就发表了。而直到今天，还有不少科塔萨尔迷在他那“被侵占的房屋”里打转。

还有一个人，这个人在中国，他读懂了科塔萨尔的心，他说科塔萨尔的文学经验是“对影成三人”式的。“对影成三人”，看到这五个字，再读科塔萨尔，无论多么迷幻，你都会不再感觉困难了。这个人，就是范晔，科塔萨尔《万火归一》的中文译者。

还是听听科塔萨尔自己的声音吧：

“很容易发现，我写得越来越不好，这恰恰是我寻求一种风格的方式。有些批评家说这是一种令人遗憾的倒退，因为很自然，传统的过程是从写得不好到写得好。但是我认为，在我们中间，风格也是一个道德问题，一个尊严问题。写得好是很容易的事！难道我们阿根廷人（此论不仅仅适用于文学）不应该先后退，先下降，接触最苦的东西、最令人厌恶的东西、最污秽的东西，了解一部背离国家现实的历史的全部，它长期回避我们或用对我们的辉煌成就和我们文化的幻象取而代之，这样，在触及最深处后，赢得向自我攀升，真正成为我们应该成为的人的权利吗？”

我视这段话为解读胡利奥·科塔萨尔作品的密钥。

“在我们中间，风格也是一个道德问题，一个尊严问题。”—— 这句话是可以作为小小说写作圭臬的。为什么着意说是小小说写作圭臬？一是因为在小小说的世界里，“在我们中间”的“我们”数量庞大。在中国，数千近万名小小说作者一定是有的，还有人说，可能过万了；从这么多的“我们”中被人认出来，确立自己的风格，是需要突围的。二是因为有些人会认为小小说好写，轻易就下笔了，导致有些小小说发表出来面目雷同。更有甚者，个别的人会私下觉得小小说易于模仿。做了小小说编辑近20年，每个月都能看到那些所谓的“低仿”“高仿”的小小说作品。有时我会想，真该把科塔萨尔这句话印在小小说刊物的什么位置上。

可作为“写作圭臬”的语言，也是中肯的，端方的。可是，科塔萨尔让我们在这段话里读到了真正骄傲的创作之心：写得好是很容易的事！这话太让人流连忘返。反正我在这句话面前，是久久不愿离去。

看科塔萨尔的《朋友》：

一号决定必须解决掉罗梅罗，担任这项工作的是三号。得知这一消息的贝尔内特兰是罗梅罗的好朋友。贝尔内特兰开始在心里演戏：只消他的一个表情，他的好朋友罗梅罗就会飞车而去，逃离现场。他的内心戏并没有就此结束，他还替一号——他们的老大——想了想，解决不了罗梅罗，老大是什么表情？

内心戏结束，贝尔内特兰就上场了，他要去面对罗梅罗。

文章的第一句就明说了：“在那个游戏里，一切都要快。”——不要被科塔萨尔骗了，他是在说那场游戏，他更是在给文章定调：我这篇文章关乎速度，我之所以提前告诉你，是因为我有信心让“速度”在你接下来的阅读里带给你奇迹。人物的名字设置为“一号”“三号”，就是速度的加速器，它让气氛紧张，让一切就跟真的一样。

可是，速度在贝尔内特兰要面对罗梅罗之前减慢了：“他慢慢穿好衣服，抽完那一包香烟，照了一会儿镜子。”

——这已经是够慢的了，比一个化妆的女子出门还要慢。我想科塔萨尔在写接下来这个句子时，应该是满神气的。因为接下来这个句子让慢继续慢：“然后，他从抽屉再拿出一包烟。”——写到这里时，科塔萨尔可有停下来瞬间，想象一下阅读者的呼吸节奏？去掉这一句，影响情节的发展吗？不太影响。但是，如果去掉这一句，就不是科塔萨尔的文章了。科塔萨尔的色彩或曰气味就淡化了、削弱了。所谓风格，是会在这些地方体现的，在阅读者心理的缝隙里。

足够慢之后，科塔萨尔会加速。靠什么？车子。一辆被西班牙人修理过的车子。西班牙人，换成印度人行吗？换成英国人行吗？或者换成阿根廷人？当然印度人、英国人、阿根廷人都会修车，可是，阅读者脑海里调出世界人类版图想想，就会明白，在这篇写速度的文章里，西班牙人调理过的车才是最靠谱的：速度、激情与流畅，是西班牙人给世界的印象。贝尔内特兰把车开得如丝般流畅，但是，他开得相当慢。科塔萨尔不仅让贝尔内特兰慢慢地开车，还让他没有车位，“徒劳地等一辆送货卡车给他让出个停车位来”。送货卡车，会带给你什么感觉？那是一种拖延的如梦魇一般的感觉。科塔萨尔的每一处选择，都在体现他作为一个作家应有的道德，以及他随之理应收获的尊严。

绕着街区兜了两圈，贝尔内特兰的福特停在了离咖啡馆几米远的地方，引擎没有熄火，枪待在贝尔内特兰的口袋里或者车座上，子弹已经上膛。

这就是贝尔内特兰要面对罗梅罗的前戏。接下来，就是文章的最后一段：贝尔内特兰干掉了罗梅罗。

文章的倒数第二段，也就是贝尔内特兰要面对罗梅罗的前戏这一段，在这篇文章中非常重要。从一个层面上看，这段文字在塑造科塔萨尔的文字风格，在向阅读者或者文学世界展现他的风格。从另一个层面上来看，这个段落是这篇文章的灵魂。就是在这个段落里，人物完成了与自我的离合纠缠。贝尔内特兰在这个段落所提供的时空里，与三号、与一号甚至最终与罗梅罗完成了转换。你看，文章里出现了一号，出现了三号，但并没有说贝尔内特兰是二号。二号的空缺，是这篇文章最大的美感所在。这个空缺，可以让一号进来稍作停留，也可以为三号留下空间，更可以让贝尔内特兰在里面进退自如。科塔萨尔没提二号，但有了一号和三号，二号不可能不存在。二号才是这篇文章的 No.1，它代指的是“与自我分离同时与他者相合实现转换的空间”。任何一个人的心里都同时藏着一号、二号和三号。在人生乏味的日常或激情的白日梦里，在我们的心不是太软也不是太硬而是心太乱的那些时刻，我们在一号、三号之间转换，在二号逗留。

《朋友》，究其实，是又一个“对影成三人”的文本。范晔说过，“对影成三人”是科塔萨尔偏爱的手法。同样的手法，他在《给约翰·豪威尔的指令》《会合》中反复使用。他为什么偏爱这种手法？在世界文学的版图里，这种手法到 20 世纪中叶都是新鲜的。

注意文章的最后一句：“三号不紧不慢地开着车，他心想，罗梅罗最后见到的是一个叫贝尔内特兰的跑马场上的老朋友。”——这句话几乎带有诗意了，在一次枪杀之后，诗意随之而来，只说明一个问题：在作者的创作里，这不是一个谋杀，这是一个游戏，一个与自我离合纠缠的游戏。“在那个游戏里，一切都要快。”——在我们的日常幻想里，的确，一切都够快。佛家所说，一弹指间，三千念头已过。

要想说明作家如何在风格的塑造、行文中收获尊严，小小说《河》应该被提到。

《河》再一次证明，科塔萨尔的作品是不可复述的，他的风格是不可模仿的。《河》也再一次证明，科塔萨尔有本领让我们跟随他从平实的日常开始，然后——读过他的都知道，这个“然后”的过程有多么快——随他滑入万劫不复的幻想的深渊。你看了开篇，你以为你看到了岸边的青荇，它们宁静无辜。你一脚踩上去，你甚至闻不到青荇的味道，甚至没看清一株青荇的样子，你已经滑入了河底，甚至是海底。《河》给我的阅读体验就是这个样子。

《河》的开篇让我毫无防备：“是的，好像就是这样，你好像是走了，你不知所云，说你要去跳塞纳河，就是那一类的话，那种夜半时的呓语，它们渗进被单，黏在嘴里，它们几乎总在黑暗中响起，或者伴着手或脚的动作，掠过这个勉强听着你说话的男人的身体。”

这个开篇，让我想起了最近看的一个电影《罗丹的情人》，就是罗丹和他那位最后在疯人院住了30年的情人克洛岱尔的故事。很奇怪，读了这个开篇，我觉得它已经讲尽了罗丹与克洛岱尔想象中的相处。也就是说，这个开篇就已经完成度很高地写出了男女相处的一种艰难境况。换句话说，一部150分钟的电影里所制造的最重要情境，在这个开篇里，我已经感受了。

接下来，科塔萨尔还能怎么写？接下来所写，皆为幻想，那美丽的绝望的幻想。在他的幻想世界里，读者是不能做主的，跟随他，闭着眼睛下滑再下滑，你也知道他不会让你一直这么舒服地滑下去。

那个流着愚蠢眼泪有着恶俗气息的枕边人，被梦境带回“我”的身边，“我们可能燃起欲望，甚至可能和好如初”——两个“可能”并肩出现，面目是多么危险，它们的出现就是在昭示他们肯定没有未来。他们在梦境许诺给他们的可能中裸裎相见。这次相见，是梦境中的梦境，可即便在梦境中的梦境里，枕边人的表现都还是蠢笨的，而我“总是做得很优雅、很庄重”。到此，你会知道，这对同床共枕的人儿彻底完蛋了。但他终归有一点温情给了枕边人：“现在，你的节奏终于沉缓下来，变成织在丝绸上的波纹。”——人体的节奏变成织在丝绸上的波纹，这种文学的意境，是一个人的艺术感觉到了通灵的地步，是写作者附体于万物的收获。科塔萨尔，总是很容易进入这种境界。

科塔萨尔的幻想继续，读者被击倒在地：“我惊讶地看着自己的手正淌着水，我知道你躺在码头的石头上面，身边是众人的鞋子和嘈杂的声音。你裸着身子，仰面躺着，头发湿湿的，双眼圆睁。”这也是读者被他的幻想击倒在地的样子。

科塔萨尔在幻想中，制造了他的风格。对，我用了“制造”，这个工业用词比较有力量感，可以传递科塔萨尔风格的明确——越明确，他就越有尊严。作品的风格是作品的外衣，但越是深入文学作品，或者别的艺术作品，你就越能理解风格的确立就是创作者尊严的确立。支撑这一尊严的背后，是创作者的道德感。

有人告诉过科塔萨尔："在一个使人激动的文本和其读者之间进行的那种较量中，长篇小说总是以点数取胜，而短篇小说则必须击倒对方才获胜。"可是，读者愿意被击倒——不被击倒，他就什么也没有读到。读者被击倒在地，脑后是头颅和地板撞击的回响。在这个回响中，读者的头脑很清楚，科塔萨尔带给他的这一击来自人人生活的现实。——这就是读者享受被科塔萨尔击倒的真实原因。科塔萨尔技法高超地揭示出的是人们心底的真实，读者觉得自己没被耍弄。

面对这样的篇章，相信会有读者说："读不懂啊！"在编辑小小说的日常中，也会遇到这样的情况。人们习惯于读人物用脚走出的故事，却不能一下子接受作者用心灵的轨迹用人生的情愫画出的图案。也就是说，读者中有一部分还是更习惯 19 世纪的文学空间，面对 20 世纪的文学样式，多少需要一点熟悉的时间。而今，已是 2020 年。在 21 世纪，会有更多的用心灵用灵魂写的"故事"，表现形式会更先验，让我们做好准备去欣赏吧。

我不知道我这样读是否对。但是，在科塔萨尔的文学世界里，没有绝对的对错，他作品的开放性给我们提供了一个可以任性驰骋的空间。这就是科塔萨尔留给世人的财富，在你足够静默时，读读科塔萨尔，幻想重现，激情重现。

在进行小小说创作时，多想想科塔萨尔，会让我们的作品于万人之中亦独现风流。

刘以鬯对小小说文体审美空间的拓展

“不写近三四十年的香港文学史则已，要写便须要先着力写好刘以鬯（1918— ）这一笔。”1987年5月，香港文学学者黄继持先生（1938—2002）在《“刘以鬯论”引耑》中如是说。……刘先生……近七十年间，有六七千万言笔耕不辍的成果披露于报刊，从中先后董理结集的三百余万言著作，包括了小说、散文和评论，逾四十种（译作除外），有些被译为英、法、意、法兰德斯、日、韩等国语言，夯实了作者在现代香港文坛上的地位，使任何一位研究香港文学的人，都无法从他身边绕过。

——摘自《迷楼》之“编者的话”

在内地，刘以鬯并不为人热知。但如果提到他的《对倒》《酒徒》分别引发王家卫拍出电影《花样年华》《2046》，大家的脸上多会立即显出熟悉而亲近的神色。刘以鬯的小说中有一部分相当精彩的小小说作品。小小说，按冯骥才先生的说法，它与长篇小说、中篇小说、短篇小说一起，是撑起中国小说的四根柱子。刘以鬯的小小说中，有些篇什神乎其技，却非刻意雕凿，而是发于慈心，是人生修为境界的体现，极大拓展了小小说文体的审美空间。

庚子金鼠之年的初夏，较往年这个时节更为透明、翠绿。初夏的美丽，是可以提亮生命的。如此起兴，是想表达自己遇到刘以鬯先生小小说的幸运之感。幸运来自两个方面：做小小说编辑的，遇到刘以鬯的小小说作品本身就是幸事；属于我个人的幸运则是，我没有在更年轻的年龄里遇到刘先生的小小说。对文学作品的认识，除了智识上的禀赋悟性，有些个层面上真的是需要年龄来加持的。比如，读了那么几遍的《红楼梦》，直到近年在蒋勋先生的点拨下，才凝神闭唇地意识到《红楼梦》所有感情因缘中，对我终极的启发竟然是来自尤三姐和柳湘莲：情的相遇在于度与被度，而不在于缠绵厮守。而在年轻时读，二尤章节，历来不喜，总是草草翻过，一心扑在宝、黛身上。待明了了三姐被湘莲度后的空明冷静，再看宝、黛的眼泪，就有了学弟学妹的相影。可见，不同年龄阅读所获的区别有多么大。早些年，在编辑部里，不是没有人提到刘以鬯，不是没有接触过刘先生的小小说作品，过了耳过了眼，都没留住。现如今，就着窗外亮闪闪的梧桐树叶，静着心读刘以鬯，读到喜悦之处，竟然会生出一份妄念：刘先生，人中瑞者，仙逝于百岁，其精神自然通灵，想是体谅我做小小说编辑 20 余年的苦劳，特意安排我在过了人生的盛夏时节之后再次遇到他的小小说，方不辜负那些文字。

“不写近三四十年的香港文学史则已，要写便须要先着力写好刘以鬯（1918—　）这一笔。”—— 在我看来，这句话就是拜访刘府先要面对的府门。此门端严庄重，我想，刘先生给我留有刘府东南角的偏门，我从那里进，可与老先生静静私晤，专心畅谈他的小小说。

“崔莺莺与张君瑞”，在键盘上敲出这个篇名，我起身到书架前，抽出一本河南文艺出版社版的“元曲名家精品类编”王实甫卷——《愿有情人都成眷属》，信手翻看。多年来，我读小小说养成一个习惯，与作品题目和文中地名、风俗等相关的资料，能找来的就先找来看看。为什么呢？小小说篇幅短小，体量有限，若想把一篇小小说读厚了读丰饶了，如此多做周边工作是有益的，也会得到一些额外的阅读奖励。王实甫的文风美，美到什么程度？可令“士林中等辈伏低”。不要小看了“伏低”二字，伏低是没了相争之意冷了嫉妒之心。嫉妒之箭是有射程的，只射和自己相近者，对比自己高出太多者，也就埋首“伏低”了。由此可见，《西厢记》该有多美。随翻随阅：“花落水流红，闲愁万种，无语怨东风。”“万金宝剑藏秋水，满马春愁压绣鞍。”可不是黛玉口中的“词句惊人，余香满口”！美成这样，刘先生再来演绎崔张恋，该怎么办呢？他开篇就让张君瑞连打两个呵欠。书生打呵欠，我觉得陌生，可是你且打吧。接着，他让崔莺莺也同样打了两个呵欠。我看戏不多，没见戏文里的小姐打呵欠，别说戏文里的，就是大观园里的姐姐妹妹，也没见谁打呵欠的。可见，打呵欠是文字世界里“小姐”不常有的动作。惊人的动作还在后面：崔莺莺“拨转身，冉冉走去床边，一屁股坐在床沿，将左腿搁在右腿上，脱去左脚的绣花鞋；然后将右腿搁在左腿上，脱去右脚的绣花鞋”；“崔莺莺用纤纤玉指脱去衣服，那雪白粉嫩的胴体，立刻发出一种迷人的香味”。既然戏文中娴雅雍容的崔莺莺会用那么泼辣的动作脱去绣花鞋，那么她沉迷于自己雪白粉嫩的胴体，我们也就接受了。至此，我们已经明白，刘先生在创造他自己的崔莺莺。崔莺莺在我的阅读经验里终于不再是那个绫罗绸缎裹体、金簪玉翠满头、胭脂香粉扑面的崔莺莺。是的，我用了“终于”。原因是，戏文里的崔莺莺让我“无所感”，也就是说，这个人物在过耳戏文中并没有真实地触动过我。我把这归于时代的隔膜，并不太算是强词夺理。周恩来总理也说过这样的话：“当年我们都是在家长严格禁诫之下私读的《西厢记》……你们反倒毫无所知。”刘先生的崔莺莺仅是为了从人物形象上进行颠覆吗？刘先生的创作追求是“与众不同”“有所发现”，与众不同是形式，有所发现则是意义。《崔莺莺与张君瑞》的意义在于它让中国重要的文学人物崔莺莺鲜活在了当下世界，让当世的人理解她“不可告人的念头”，有不可告人的念头的人才是温热可感的，也是可以亲近的。这样的崔莺莺会让阅读者体会威尔·杜兰那句名言“性爱之精力，灌溉着艺术家的创作热情”，从文本上更加理解崔张恋的坚贞、炽烈。崔莺莺“想着牡丹怎样沾了露水而盛开”，读者读到这里会想到，所有花朵的怒放都来源于根，也就是生命的元动力。世间很多美好，都有其共同的原动力，比如崔莺莺在寺院里那暖烘烘的被窝里生发的“许多大胆的想念”。这或许就是刘先生在这篇小小说里所追求的“与众不同”，所要告诉世人的。

《崔莺莺与张君瑞》在说人类的原动力——美好的青春人物的欲望。接下来的《蛇》《蜘蛛精》也在讲欲望，不过是以不同角色不同角度丰富了众生相。

《蛇》一文中，许仙面对欲望是且信且疑，且迎且杀。蛇的阴影与威胁总在许仙心情大喜时出现，让他这一生都不得真正长久的安宁。所以，我觉得刘先生在《蛇》里并不是仅仅安心于写许仙的爱情，他透过许仙在写人类有史以来的种种境况。“蛇”其实是一个巨大的暗喻。第一节里，许仙捉到蟋蟀，“喜悦似浪潮”时，被蛇咬了，从此怕见粗麻绳、长布带之类的东西。刘先生其实可以先写许仙被蛇咬，然后留下疤。可是他开篇提笔就写“许仙右腿有个疤”，这个“疤”，在“修哲学出身”的刘先生心里，应该是“原罪”的符号。而蛇，在东西方哲学里，都是“欲望”的符号。第四节里，白素贞轻轻一句“我已有了”，“许仙喜得纵身跃起”。第四节文字在这一句上戛然而止。第五节开篇就是许仙再遇蛇。—— 欲望总是在威胁人的喜悦与安宁；而人，面对自己的欲望，总是不能淡定自若，也就是说人总是不能毫无挂碍地享受自己的欲望。白素贞是白蛇，是欲望的实体。“白素贞的体贴引起他的怀疑。他不相信世间会有全美的女人。”他试探。他求助于佛门。这过程，多像世界各地人类的缩影。

《蛇》的结尾非常美，是那种广阔自如的文学的美——

> 许仙走去金山寺，找法海和尚。知客僧说：“法海方丈已于上月圆寂。”许仙说：“前日还在街上遇见他。”知客僧说：“你遇到的，一定是另外一个和尚。”

《蛇》的结尾也是大胆的，它的大胆之处在于，作者明知法海的那段水漫金山有多么深入人心，可他还是干净利索地让法海方丈圆寂了。这样的处理，让我再一次肯定刘先生是把《蛇》当作人类寓言来写的，所以他无意于法海与白素贞的斗法。甚至，我们会发现，除了许仙的欲望与恐惧，文中的人物都被虚化了，被虚化最厉害的可能就是白素贞。——或者，由此可以读出另一种暗喻，欲望本身是无辜的，而人心才是真正复杂的。

《蜘蛛精》里，谁被肉身的欲望挟控了呢？是唐僧。行文中标点失控遁飞的形状恰是唐僧被欲望挟控守心不得的状况。读着唐僧心中那一串串的“阿弥陀佛”，突然就想起多年前的一个夜晚，三两个女友在聊天，说起她们各自挣得第一桶金的经历，我坐听。她们说的时候，场面很是热闹，大家都很开心。深夜回到家里，我才蓦然觉出，她们每一笔钱挣来都真的是在刀尖上跳舞，从火焰中取栗。这时在唐僧的一声声佛号里想起她们，是因为突然间明白：在佛门中修行，空去欲望其实和在红尘中争取名利是一样艰难，一样面临危险。蜘蛛精的欲取、唐僧的欲守，不都是拼尽了全力？

对唐僧这一华人世界里又一重要文学形象，《蜘蛛精》的表现，无疑又是“与众不同”。我在想，与众不同的崔莺莺、唐僧为什么没有料峭、冷僻之感？相反，与众不同的他们，深深打动我们并让我们心生亲近。那是因为刘先生的与众不同，其实是对生命具足诚意的回归与正视，这种诚意需要强大的内心为砥柱，需要高级的人生素养来实现。

《他的梦和他的梦》是篇很文艺的小小说，写文艺家与文艺作品。重点在结尾，曹雪的灵魂走入高鹗的梦境，翻开程伟元刊行的一百二十回《红楼梦》，指着后四十回，大发雷霆：“不是这样的！不是这样的！”——这是刘先生想要说的话，是他对《红楼梦》后四十回的发言。这个发言，其实存在于我们很多人心中。他替我们大发雷霆，我们感谢他。但是，刘先生虽说用了“雷霆”之语，内心对高鹗其实还是蛮体贴的，他明白一个人的作品就是一个人的生命本身、人生经历本身，有了藏不住，没有做不出来。这种境界，也是出于刘先生的同体之心。

《移居香港后》，是我真正意义上阅读刘以鬯先生小小说的开端，当时拿到四川人民出版社版的《迷楼》，先翻到小小说部分，想一睹刘先生的小小说风貌为快。我个人的阅读体验中曾有过那样一次经历，读《追忆似水年华》时，有段文字如附体般打开了我童年某个瞬间的记忆，当时阅读快感通过脊椎骨传散而出，我曾经在一篇文章里写过，那时重点写的其实是纳博科夫的阅读感受。这次读《移居香港后》，让我再次领会老祖宗说的："喜，关心。"我读这篇文章，读得心里发痒，手虽没有动，但"喜得抓耳挠腮"这个熟语在脑子里却是闪了又闪。如此的阅读喜悦，缘于《移居香港后》堪称神乎其技，它呈现了在技法上、在文学意境上，小小说所可能达到的更高境界。

"移居香港后"省掉的主语是苏三和王金龙。王金龙也可以叫王京隆，刘先生拣用"王金龙"就显出了高明："金龙"二字显然比"京隆"跟香港这个地名更搭调。这样细节之处，刘先生未必就费了掂量，信手拈来，体现出的是一种艺术感觉。小小说的难写之处，就在于因其短小所以处处不能有闪失，有了闪失，就无可遮护。

玉堂春跪过了三堂会审，就到了现代的香港。此番叙述，作者毫无犹疑黏滞之态。很多小小说作者一旦触及时空跨越，就担心自己交代不清楚，行文中就要左顾右盼。看看刘先生，就知道不必这样，由着心底的那股子真气去写，读者没有不理解的。这玉堂春一路从明朝走来，心性一点没变，只惦念着"郎呀！咱们俩是一条心"。王金龙也没变，照样是"脚头子不稳"。几百年走来，没改变的事，就是死路一条了，自杀与被杀似乎已成他们各自的宿命。苏三给王金龙下了药，苏三意欲自杀。至此，由古以来，女子的痴心浓重如春海、嗔心跳荡如烈焰被描画完毕。痴心、嗔心皆为地狱之门，苏三一路女子，就没有出路了吗？在这当口儿，《移居香港后》显出了小小说这一文体被世间看官称道的看家本领：尺幅千里，波澜诡谲。曼丽带着警察和护士来了。曼丽是王金龙“脚头不稳”时“走过”的女子，曼丽是苏三的镜像。曼丽欲药杀王金龙在前，如今良心发现来救他。她代表的是苏三们的忏悔之心。没有罪过不可以通过忏悔而得清净。曼丽杀金龙，是为了“他不愿做对不起妻子的事”。——苏三的泪水与绝命行为原本起于颠倒梦想。

波澜已起，高峰迭现，至此收笔，依然是好了。若就此收手，就不是刘以鬯先生了。文章的结尾，他让苏三坐在医院的长椅上暗忖：“这世界可真奇怪，当年我没有毒死沈延龄，倒吃了几年官司；现在我亲手下了毒，却连半个罪名都没有。这究竟是什么世道？”——这样的结尾，在形式上让文章在波澜、高峰之后，转回了雍容气象，也是为文者的大家气象。这样的结尾，把文本的文学意义向更深更广处拓展：世道再广，难比人心之阔；世道再险，在修哲学出身的刘先生看来，皆不出因果之律。

《情侣》讲了一个食客听来的故事：男的得知女友患了绝症，为她在餐馆一次付清了五年的晚餐费，然后跳海自尽。女友不知情，每晚去餐馆等。女的死后，餐馆守五年之约，每晚在固定的空座位上布上两客晚餐。作品显然在营构上下了力气，而且是笨重的力气。只有这样的笨重之力，才可以压得住当下人们面对爱情时那飘忽不定的心意，才可以让人们停住那不太稳定的脚头，坐下来再一次相信爱情。放在现当代爱情小小说中来看，《情侣》可视为源，有一批爱情小小说可视为其流。

《马场奇遇》里，落魄的文人赌马，得女子指点而赢钱，女子对他说："你赢的是我的施舍。"该文落脚在"施舍"上，我第一遍读出了"奇遇"，但我不甘心——作者费那么多笔墨，而且那笔墨堪称细腻，就是在给我讲一个故事吗？再读，我读出了"命运"，得得失失背后的命运之手，它以"一个女子的施舍"为面目，出现在人间。

《秋》，恋人间的追忆。它很有些奇怪地让我看到了英格玛·伯格曼导演的电影《呼喊与细语》的水中倒影。《呼喊与细语》影响文学创作的经典是余华的《在细雨中呼喊》，在千余字的《秋》中，感受出那部经典电影的意境，也很难得，是小小说文体的造化之功。《秋》中的一个句子，我不能不提，因为它让人过目不忘，心旌荡漾："远眺太阳的手指拨弄海水。"——这绝非一个叙述句，这是一个有黄金质感的诗句，它照亮全篇，提升全篇。

刘先生的小小说中有相当一部分描画的是香港生活图景，这也是刘先生的人间情味之所在。其中我偏爱《十年》：十年间，司徒植与毕绣英夫妇租过两处房子，分别是周太的、孟太的，两处都没有结下良善缘分；十年后，他们夫妇买下了孟太的房子，周太成了他们的租户。如此，《十年》容易被解读成报应之作，这种解读显得生硬了。注意两个地方：一、绣英遭周太厉声责骂，要求司徒植搬家，司徒植不为所动；司徒植受到周太不太严厉的责备就立即搬走了。二、清贫的绣英受不得孟太奢侈的阴影笼罩，要求搬家，司徒植不赞成；司徒植听了一句孟太嘲讽他们清贫的话语，就立即决定搬走了。——这两处，仅是在推动情节发展吗？不仅仅。它们是在提醒我们，即使是夫妻之间也是缺乏同体之感、同理之心的，除非自己亲受，否则不会主动考虑对方的。主动考虑对方、感同身受就是慈心一脉。夫妇之间尚缺失慈心，包租婆与租客之间缺失慈心也就不奇怪了，这两者没有质的区别，只有程度的深浅不一。《十年》由夫妻、包租婆与租客说开去，其实说的是人与人之间的普遍状况，提醒的是人与人之间要有同理之心，要互存慈心。周太、孟太当年是存心要伤害那对年轻夫妇吗？未必，只是没有同理之心而已。所以，我觉得刘先生在《十年》里不是在说冰冷的报应，而是在讲温暖的慈爱，在寄望于司徒夫妇换一种态度对待入租的周太。

刘先生的《对倒》《酒徒》引发王家卫拍出了《花样年华》《2046》，是“文艺越界”的美谈。香港的电影，多以一股“气”在支撑，多靠一股“气”荡人心神。刘先生的文字里有一股子浩荡的人生底气，他的小说“越界”电影，再自然不过。我读刘以鬯先生小小说的最大感受就是：神乎其技，发于慈心。所有的技，都是由心托着的。心愈慈悲，其技愈高。感激刘老先生对小小说文体的贡献，祈愿他的灵魂安息且喜悦。

刘以鬯对小小说文体审美空间的拓展再议

刘以鬯先生从事文学创作活动近七十年（1936年至新世纪初叶），发表著作逾三百万字，有小说有散文有评论，其经典小说是《酒徒》《对倒》《寺内》。熟精香港文学的人士知道，香港文学有两座山——金庸的大众文学和刘以鬯的纯文学，有人称举刘以鬯为“香港文学的教父”。在内地，了解刘以鬯的读者并不是很多。但若是提到电影《花样年华》的片尾字幕“特别鸣谢刘以鬯”——王家卫鸣谢《对倒》给予他的创作灵感——人们会恍然而对刘先生感到熟悉。刘先生的《酒徒》，则是《2046》的灵感来源。

综观刘先生的文学创作，小小说的写作对他而言，可视为闲笔之作。对小小说文体而言，刘先生的这一闲笔却有别样的意义，他拓展了小小说的审美空间。一种文体审美空间的持续性拓展，就是这一文体生命力旺盛、发展前景广阔的重要体现。

小小说业界提起这一文体在新中国的发轫，多不会绕过《百花园》在1982年10期推出的“小小说专号”。近四十年过去了，小小说的繁荣发展有目共睹。数以万计的作者从事小小说创作，大量优秀作品产生，在持续优化、提升小小说作为“文学轻骑兵”

的文学意义、社会美育滴灌功能。冯骥才先生有言:“小小说是中国文学的事情，全国的很多作家都是从写小小说入门的。”所有的功能、效用、意义都是建立在自身丰沛的生命力之上、自身良性发展之上。小小说文体和别的事物一样，在解决问题中求发展、求进步。小小说当下遇到的问题之一:历经近四十年的发展，写作样式在一些作品中出现了模式化、仿制化的迹象；一些小小说作者在写作上思维僵化，原创精神、原创意识稍显低落。与此同时，广大读者的阅读审美需求不断提高，对小小说的阅读期待不断攀升。在这种情形之下，发现、研习刘以鬯先生小小说作品对这一文体审美空间的拓展，变得很重要。刘以鬯对小小说文体审美空间的拓展，表现在多个方面。

书写华文世界重要文学人物形象，赋予其现代性，有效延续文学永恒话题。《崔莺莺与张君瑞》《蛇》《蜘蛛精》《移居香港后》是这方面的代表之作。

小小说作品中重塑既有文学人物形象的作品不少，像张晓林的“宋朝人物”系列，邓洪卫的“三国人物”系列等。他们将自己的人生体悟、生命智识输灌于历史人物，掸去历史的烟尘，让人物呼吸新鲜的空气，让读者与人物四目相对。总体来讲，他们的创作是对既有文学形象的再书写:挖掘人物情感深度，平视人物精神境界。这样的创作，是有难度的，因为他们笔下的宋朝人物、三国人物都史有其人，是既定框架下的高精作业，而他们这类作品的完成度都相当高。可以说，小小说对非纯虚构文学形象的再书写是成功的。但对纯虚构的文学人物的再书写，小小说作品的表现则良莠不齐，出现了一些失败作品。它们的失败点很集中:没有很清晰地考虑为什么要重写这一文学人物，以为刻意求新求奇，就可以吸引读者。注重于梢，不思考根基。对所有既有文学人物形象的再书写都是重写者与原作者之间的艺术较量、艺术挑战，是重写者在深受影响的焦虑之下的艺术突围。这样的书写，难度其实很大。可是，很多作者恰恰以为，这类书写容易，没有羁绊，可以信马驰骋。可以信马驰骋，前提是手中要握有足以和原作者抗衡的缰绳，这根缰绳就是艺术素养、精神境界等的结晶。

把同类作品存在的问题指出来，再来看刘以鬯的这几篇小小说，其成功之处、高妙之处遂一目了然。

《崔莺莺与张君瑞》源于《西厢记》。王实甫的《西厢记》戏文之美，只令古今同行俯首低眉。但，坦白讲，崔张的爱情故事，不能打动今天的我。《崔莺莺与张君瑞》一文里的张君瑞和崔莺莺在举止动作上，都在做张做致。张君瑞不再玉树临风，崔莺莺不再端庄娴雅。刘以鬯只是在颠覆他们的举止吗？不是，他是通过颠覆，以张读者之耳目，带领读者一起，走入人物内心深处，呈现他们在戏文中坚贞爱情的秘源：牡丹怎样盛开。看懂了崔莺莺与张君瑞的内心深处，读者也就明白了人类的内心深处。《崔莺莺与张君瑞》抵达了《西厢记》典雅戏文之后的更深邃之处、更为坦荡稳定之所，那里呈现了人类源头的秘境，人人都在其中。一篇小小说所能够抵达的远方莫远于此。

《蛇》让在《白蛇传》中面目相对模糊的许仙成了主角，而白素贞在这里成了强光之下的虚景。这样的颠覆，是作者要在一篇小小说中实现他的哲学表达。《蛇》的肉身主角，刘以鬯分配给了许仙；精神主角是在第一节和第五节出现的蛇，那是人类的原罪。它让许仙在每一个喜悦时刻都饱受惊吓，惴惴不安。这样的不安，让许仙转而依赖于佛门。《蛇》其实是一篇人类心灵简史。刘以鬯用《蛇》颠覆了汪曾祺“小小说不大可能有深刻的思想”的言说，展示了小小说所可能达到的思想深度。

《蜘蛛精》里，唐僧在抵抗蜘蛛精的诱惑，在挣扎于自身的欲望。在没有标点符号的长句里，读者听得到唐僧心跳如鼓，感受得到唐僧的意识虚脱。—— 这是写作形式在赋能于内容。写出“诗化意识流小说开山之作”的刘以鬯，他非常明白，形式就是另一种内容。哪怕是标点符号，在大师手中，也会成为利器。有感叹小小说文体样式较难出新的作者，可以揣摩刘以鬯先生的创作手法。在《蜘蛛精》里，我还看到了“大话西游”系列电影中，被颠覆的唐僧形象的肇始。中国的志怪小说中，总衔接有天地混沌初开时的哲学思想。在流传过程中，那些朴素的哲学思想容易被起伏跌宕的故事削弱。修哲学出身的刘以鬯，会在他的志怪小小说中让一种哲学思想更加圆满、清晰地表达出来。

《他的梦和他的梦》，把一个作者与另一个作者、作者与所创作人物交织于一体，究其实是在表达一种艺术感觉、一种创作体会。这篇小小说，可以视为其长篇小说《酒徒》的某种回响。发表于 1963 年的《酒徒》，被认为“是中国第一部用现代西方意识流技巧写作的小说”。他在写这部长篇小说的同时，也在探讨小说的写作。这是《他的梦和他的梦》与《酒徒》之间的一个沟通之处。二文之间还有一个更为深刻的相通之处是，他们都是作者的“娱己之作”。刘以鬯在《酒徒》的序言中说过：“这些年来，为了生活，我一直在‘娱乐别人’；如今也想‘娱乐自己’了。”《他的梦和他的梦》不是很顾及读者的感受，它在向内走路，表达的是作者的艺术想法，是对创作者脑中一闪念的捕捉。当下的小小说作品，整体上看，尚缺乏这种“娱己”的精神，更多考虑的是怎么写好看以“娱人”。其实可以稳定心神，关注意识领域、艺术领域的小小说创作。这类作品不用多，当然也不能太多，但只要这类作品出现，就会在一定程度上调和出这一文体的“知性调性”。近来，侯德云的笔记体小小说中，出现了这样的迹象：在小小说中传授小小说写作技艺。这是一个作家成熟的体现。

《移居香港后》颠覆的是《玉堂春》中玉堂春的外在形象。这是一篇容易被人偏爱的小小说，同时它也是一篇我担心被人误读的小小说。我担心它被作为“一波三折”的典范来解读。“一波三折”是个便宜的说法，它要表达的是一篇小小说所可能体现出的“尺幅千里”。“一波三折”是小小说创作的经典手法，运用得好，会令作品精彩纷呈，回肠荡气。论此类作品，孙方友是个中高手。《移居香港后》当然是一波三折的，可它的波折靠的不是外力，它的每一道波折都来自古今女性方寸灵台里的贪、嗔、痴、慢、疑、妄、嫉，来自古今女性的颠倒梦想。就是说，小小说的每一道波折之下，都要有深沉的暗流涌动，如此水面上的波折才会起波澜壮阔之气象，而避免造作之嫌。

书写人间情事，擅长打破封闭性的二人空间，使人间情事在小小说中的表达开阔而深沉。

当下的小小说作品中，爱情题材明显少于以往，有时急需这类题材而不得，总要在心里叹一句：“现在的人，都不谈恋爱了吗？”也有一部分爱情题材的作品，爱情出现的空间狭窄，一场恋情自始至终都是二人直面相对，缺少心灵的展现、氛围的烘托。人间情事的表达，是需要多方烘托才显出其美的，也是靠着多方烘托才引发人们去思索和向往的。出生于 1918 年的刘以鬯，他的情事小小说，表现出一种对爱情的深度信赖。深深信赖爱情，容易在小小说叙述中流于卿卿我我，格局封闭，尤其是在短小篇幅限制之下。可是，刘以鬯的情事小小说避开了这些可能的弊端。《情侣》从“旁观者”二人的问与答中，书写了人间的一场生死之恋。真正的男女主人公甚至都没有出现，他们之间的情感以及他们不幸的命运却深深打动了读者。人们被打动，除了由于生死恋本身，还有旁观者“感喟地叹息”。因了旁观者的出现，生死恋不再是二人的事情，它散发开来，成了流传于世间感动世人的一缕香。这里且不讨论男主人公“跳海自尽”的生命观如何，他们坚贞的爱情犹如文章开始所暗喻的“一册杰出的书”。《马场奇遇》前半部分会让读者以为这是一个“相遇有情”的故事，然而不是这样。作者让他们擦肩而过，并从不可知的空间里投下命运之神那浓重的身影。《秋》里的那份感情，是极其深沉的。追忆时间长河里的一段感情，在小小说中容易被写得黏滞。《秋》却是空灵至极的，有伤到美的境界。达到这样的艺术效果，得益于文章的诗性语言和电影镜头般的叙事风格。汪曾祺也说过，小小说应该有更多的诗的成分。刘以鬯在《秋》里，向人们很好地展示了诗性语言如何成就了一篇优秀的小小说。《秋》中的“镜头语言”，很容易让我想到伯格曼那部经典的《呼喊与细语》。从刘以鬯的随笔中可以很明确地感受到他对镜头语言的敏感与悟性。他的《对倒》《酒徒》为电影输送灵感，绝非偶然。研习刘以鬯的这几篇小小说，给我的启发是，一篇优秀的小小说和所有艺术作品一样，得益于作者的综合艺术素养。

展示香港民俗风情画卷的作品，描绘特属于香港的物事、人情，呈现独特的地域气质，尽显作者的人间情味。

地域性小小说，在小小说创作领域是一个成功地带。冯骥才写天津卫的《俗世奇人》、聂鑫森写湘潭的《湘潭故事》、相裕亭写盐河两岸的《盐河旧事》、杨小凡写药都亳州的《药都人物》等皆为佳作。在这众多成功的地域性小小说作品中，刘以鬯描绘香港生活图景的小小说，让人一眼就能识出。他笔下的香港绝非停留于地名上的香港，他六十余年生活在香港，香港已融进他的生命，是他创作的无尽宝藏。《风言风语》是在批判什么吗？我想字里行间即便有反感，也不是那么强烈。它在写港人的民间娱乐：八卦。在那稍远的年头，人在香港，或许你只有进入了别人的八卦里，才算融入了那里的生活。《点菜》里的菜名带足了港人厨间散发出的烟火气息。李太的算计，也让人能够理解。在那份理解里，香港生活的紧迫感扑面而来。《十年》写了港人生存际遇变幻的偶然性，也表达了作者对人心中一种稳定性的期待，那就是以同情同理之心对待他者。《六只狗的名字》里出现的赌马、赌狗像买菜做饭一样渗透进港人的日常，在青年男女的进攻与防守里，是港人生动的生活。《意想不到的事》让人明白在香港这寸土寸金之地，租房行为如何不停息地影响着人们的生活与生存。《商人》似乎是一个简单清浅的故事，读罢却似有一根长长的线牵引着你走进港商那层峦叠嶂的机心里。《到香港仔去看扒龙舟》《多云有雨》，都是作者冷眼热心里对同处一地生活的人的深情。

刘以鬯的小小说作品是耐读的，有些篇什经得起一遍遍地阅读，有些则让人过目难忘。以上是研读刘先生作品的粗浅体会，好在，来日方长，且读且领悟。重要的是，重新发现刘以鬯的小小说创作，在众多小小说作者中传播他的作品，让人们理解他对小小说文体审美空间的拓展，从而通过不同的侧面发现小小说文体的优势，开张创作耳目，提振文体原创精神。刘以鬯先生的作品和众多优秀小小说作品一样，应成为大多数小小说创作者的信心所在、追求所在。

小小说如何钟情于城市

——从卡尔维诺《城里的蘑菇》说起

做小小说编辑的，近几年来，都有一个工作体会：当下缺少优秀的城市题材作品，缺少爱情题材的作品。

打开信箱，大量的自由来稿，写农村的占绝大多数，而且多是进了城的人在回忆自己的乡村，遥望自己的乡村。

我们的一些作者，一旦他的文字回归故乡，笔下就灵气飞动，露珠闪光。小小说中乡村题材的丰富，大家也是有目共睹的。可是一写城市题材呢，就笔尖发软，眼神涣散，就假，就灰头土脸。小小说中的城市题材也相对狭窄，多的是一些小官场、小酒场、小心思、小算计。好像，很多小小说作者的文字一进城市就不适应了，就萎缩了，就蔫儿了，就没有激情了。在小小说的世界，说句有点夸张的话，我们的深情，似乎全都交付给了乡村。

可是，我们都知道，城市化进程是怎么也挡不住的。更多的人都要或者说已经生活在了城市，我们的小小说作者、小小说读者将来绝大多数都会生活在城市。小小说钟情于城市，写好城市，是我们广大小小说作者的必修课。

是的，我自己也要承认，相对于乡村，我和城市直到现在也是隔膜的。前不久，一个在我看来算是成功的人，站在他办公室的玻璃窗前，像是自言自语地说了这么一句话："在这个城市，我的心就没有踏实过。"这可能是当下很多城市人的心里话吧。但是，回到小小说，回到小小说作品，我得说，作为文学创作者，关注现实生活、关注身边是一种必须要有的道德。

小小说作者要打起精神，要想想自己的读者，要从乡村世界里汲取养分后收回心神，要钟情于城市。钟情于城市，才会有优秀的高质量有温度的城市小小说作品出现。我们的小小说作者也才会与广大的小小说读者再次心意相通，心手相牵。

在文学的世界里，有没有成功的城市小小说作品？当然有。比如，卡尔维诺的。是的，卡尔维诺写作时，不会想这篇是小小说哈。可是，他的一些作品，就是小小说呀。

卡尔维诺，就是写了《树上的男爵》《看不见的城市》的伊塔洛·卡尔维诺。这两本书的名头太大，以至于，很长一段时间，我的阅读路线都是绕着他行走的。说"行走"，是在给自己的阅读贴金。其实，我的阅读可谓是贫瘠的。但我绕着卡尔维诺走，倒是真实的。为什么要在阅读中绕开他？因为这样两句话：1985年夏天，卡尔维诺在准备哈佛讲学时患病。主刀医生表示自己未曾见过任何大脑构造像卡尔维诺的那般复杂精致。——这样的大脑给出的文本，不会让我舒舒服服地去读，他的作品定是要超出我阅读的舒适区的。换句话就是，我的阅读训练不足以去读卡尔维诺。卡尔维诺猝然离世，与当年的诺贝尔文学奖失之交臂。没有获得诺贝尔文学奖，丝毫不影响他在读者心中的地位。看看文青的书架，你就会明白，我说的是事实。

我久久不愿意走进卡尔维诺的文字世界，怕那个世界对我凌厉以待，令我缴械投降，一无所获。如是，绕了有几年。绕着走的时候，也是不甘心的。我注意到卡尔维诺采录选编有《意大利童话》。我从孔夫子旧书网把它请回来。那散发着霉味的书，多少缓解了我对卡尔维诺仰慕而不得近的焦灼之情。但看看他对童话的观感，我又气馁了。他在童话里看到了“精准的几何学”。——从这一点，我们也可以敏感地意识到，卡尔维诺先天就是属于城市的。也就是说，卡尔维诺能把城市小小说写成那样，是有先天基因的。

后来，我终于读了卡尔维诺的《短篇小说集》，译林出版社的。我很惊讶地发现，卡尔维诺作品中想要表达的情感和对事物的认识，在我看来，竟是那么质朴，犹如来自人类古老的未变的心。他写战争里的恐惧，他写男孩女孩的接触，他写一种甜的味道，都是人类本来的模样。后来，就读到了《马可瓦尔多》。在我看来，《马可瓦尔多》就是城市小小说合集。

要想说明卡尔维诺的城市小小说怎样，先说说当下我读到的更多比较失败的城市小小说是怎样的。

当下读到的城市小小说，有一部分多是一种情绪，在城市生活中积累而用文字发泄的情绪。在这样的小小说中，有“我”的感受，有“我”的委屈、愤懑、排斥，但没有城市本身。在这些小小说中，作者不会像写乡村小小说时那样，写乡村的一颗露珠、一片叶子、一道墙缝……我也能理解，因为城市街道两旁的植物永远不会带给我大自然的感觉。

让我们来看卡尔维诺的城市小小说，看看在卡尔维诺的小小说里，城市的物质空间和精神空间是如何呈现的。

《马可瓦尔多》的第一篇就俘获了阅读者的心，那篇的题目叫“城里的蘑菇”。

这个标题，值得我们停下来，点评一番。如果这个题目换成“城市的蘑菇”，那是什么感觉？那感觉就是：这个城不属于我。最近看到一篇小小说《城市的麦子》，写的就是乡村来的人要逃离城市。而“城里的蘑菇”就是告诉读者：城和蘑菇都是我的。

我们得承认，小说的第一句总是很重要。《城里的蘑菇》第一句是“从远方吹进城的风，给城市带来了不同寻常的礼物”。——很少见我们的小小说作者对城有如此体贴的温情，很少见送给城市礼物的小小说。

小说的主人公马可瓦尔多，一个城市里的蓝领工人，和我们在大街上遇到的很多人一样，拖家带口，缺少娱乐。不一样的是，他很敏感。卡尔维诺细说马可瓦尔多的敏感，从他注视树枝上的一片树叶开始，倒也是平常，但这个平常却不能因为它平常就略过：在城市里，树就是大自然栖息于城市的灵魂和代表。略过这个，下面的细说就少了根基。下面列出的那些逃不过马可瓦尔多眼睛的事物，它们本身就能让人的阅读神经快乐起来。那番罗列是很美的文学意象，不输于《红楼梦》里对妙玉茶盏的罗列。我忍不住要照搬出来：瓦片上的一根羽毛、马背上的牛虻、桌上的蛀虫洞、人行道上被碾扁的无花果皮。瓦片上的羽毛，有风没风都要动一动的，可我何曾关注过它们？桌上的蛀虫洞，真的让我惊艳了。大作家会关注到这些，而我这个初写者，只会肤浅地看那些漂亮的东西。蛀虫洞里，有光阴，有日常生活，我却视而不见。被关注的事物里，臻于化境的是被碾扁的无花果皮。城市的人行道上，总会有这些，不是无花果皮就是荔枝核什么的。它们可能从没想过，在卡尔维诺的眼里，它们会比“标志牌、红绿灯、橱窗、霓虹灯、宣传画”美。不是更美，因为在卡尔维诺的叙述里，红绿灯什么的就像沙漠里的沙子，马可瓦尔多对此视而不见。

马可瓦尔多眼睛里有的，就是卡尔维诺眼睛里有的。马可瓦尔多想的，就是卡尔维诺想的。卡尔维诺“通过它们，可以发现季节的变化，心里的欲望，自身存在的渺小”。这是非常有诗意的语言，也是一层层的精神递进。

写到这里，我想到卡尔维诺说他不提供传记资料。《马可瓦尔多》，让我们看到了他的心灵传记。

敏感的马可瓦尔多第一个发现了城里的蘑菇，那由文章第一句里的风送来的孢子，它们在花坛里长成了蘑菇。不同寻常的礼物，从城市的中心冒出头来。属于山林属于童话的蘑菇来到了城市，城里有了大自然的味道。蘑菇的味道是奇特的，人们在餐桌上食用它，却又感觉它不属于人间。它们成了贫穷的马可瓦尔多一家餐桌上谈论最多的话题。马可瓦尔多等着一夜雨水的到来，等着去收获他的秘密财富。

马可瓦尔多如果就此妥妥地采回蘑菇，这篇作品就是单线条行进。卡尔维诺不会这么做。他让另一个清洁工阿玛蒂吉也发现了蘑菇，他用阿玛蒂吉让马可瓦尔多紧张起来，我想还有嫉妒。马可瓦尔多，他嫉妒阿玛蒂吉的眼睛里也有蘑菇。

阿玛蒂吉其实是作为马可瓦尔多的对立面出现的，他用扫帚抹除这个城里“每一个大自然的痕迹”。卡尔维诺用了一个决绝的词——“每一个”，这样决绝的词，是孩子气的。而孩子的心，就是人类古老的心。卡尔维诺能在这些不起眼的地方，把读者拉为他的精神同盟。当然，前提是，假如他需要的话。

抹除大自然在城里痕迹的阿玛蒂吉，他心里是信服马可瓦尔多的，文中一句话就说明了这个背景实则挺深奥。——为什么说背景深奥，下面会谈到。

“啊，您也来采蘑菇？”清洁工说，“那就说明这蘑菇没问题。”

清洁工阿玛蒂吉抹除大自然的痕迹，他是站在城市的一方，为城市争取城市空间的使用权；马可瓦尔多在心里为他的大自然争取着城市空间的使用权。他们彼此对这件事都心知肚明。

卡尔维诺在《马可瓦尔多》里写的是20世纪五六十年代的意大利，那个年代的意大利——我说那个年代的意大利的时候，其实说的只是我从文艺作品中感受到的意大利——社会上存在很大的冲突：城市与自然，工业与传统。令我印象深刻的一部文艺作品，就是皮埃尔·保罗·帕索里尼执导的一部电影《俄狄浦斯王》。俄狄浦斯弑父娶母的悲剧，自一诞生就震惊了人类。帕索里尼就是借着这份“震惊”，把电影的收梢落地在这些镜头语言上：烟囱、被修葺整齐的公园、草地上没有父母守护的婴儿。不少影评关注帕索里尼对《俄狄浦斯》本身的改编，但我觉得，帕索里尼在这部电影中倾注的真正心意是：人类是大自然的儿子，大自然是人类的母亲；儿子戕害了母亲，将得不到护佑；人类对此应该感到惊心，假如他们对《俄狄浦斯王》感到惊心。

《俄狄浦斯王》上映于1967年9月7日，《马可瓦尔多》成书于20世纪50年代。从《马可瓦尔多》里的树叶、瓦片上的羽毛，到《俄狄浦斯王》里的烟囱，我们可以揣测，工业对大自然的掠夺当时是愈演愈烈了；在城市里，大自然所能使用的空间是越来越小了。直到今天，人们竟然开始讨论：城市人行道上的树木，还具有自然的性质吗？

卡尔维诺写的是那个年代的意大利人、那个年代的意大利人心。那个时候的意大利人，心里对大自然是敬重的。像大唐时期，生活在长安的王维、白居易等，他们与田园的脐带未曾剪断。由于他们，整个社会也会敬重大自然。现如今，大自然如国王一般存在的形象，在人们心里日益稀薄。到了自然界，人们似乎也不太会与大自然相处了。记得有次去白哈巴——那个世界摄影人都喜爱的村落，一晚上都能听到青年旅社外面人群的热闹喧哗，人们在表达他们终于来到白哈巴的心情。旅社所在的山坡上，传来清晰的狼叫，一声一声，热闹的人们听不到。——这种从城市短暂抽离来到大自然的人们，他们的心理、状态，在城市小小说中好像没有得到过很认真的关注。

所以，我说阿玛蒂吉信服马可瓦尔多，这一心理背景是深奥的，它是当时意大利社会心理的一个准确书写。逼迫大自然的人，心里还是敬重自然的。出于生存等不得已的原因，他们这么做了，但内心是怀有歉意的。不像后来的后来，人类利用自然，对大自然剖膛开腹，内心无动于衷。

被信服，说明你拥有道德。被信服，说明人们给予你尊严。马可瓦尔多的被信服，是与他心里眼里的大自然相伴相生的。

卡尔维诺作品特有的童话气质，在文章后三分之一处出现。马可瓦尔多听阿玛蒂吉说路的那头有更大的蘑菇时，他崩溃了。他所希冀的秘密收获，他所在意的和大自然的单独相处，“从他鼻子底下溜走了”。破产导致的心理崩溃转而带给马可瓦尔多慷慨的冲动——卡尔维诺在这个转换里，把握得多准确——他喊来更多的人去采蘑菇。他跟在阿玛蒂吉后面，他的身后有一大群人尾随。这让人想起欧洲童话里那个著名的场景——吹笛人和他身后的人群。

这样的场景，多传递着某种狂欢的意味、某种释放的节奏。作为沉稳优雅的天秤星的卡尔维诺并没有让狂欢的气氛从笔端流泻，他克制地考虑到人们不会随身带篮子，所以“他们就把伞打开来装蘑菇”。打开的伞其实就是在城市里行走的蘑菇，就是打开的城市的狂欢，打开的城里人的心。打开心扉的城里人说话了：“如果大家中午能一起吃个饭，该多好啊！”这是当人类还生活在大自然里时，大家常干的事。但现在，他们干不成了。

“然而每个人都是捡了自己的蘑菇，就奔回各自的家了。”

“自己”“各自”，这才是城里人的现实。

如果文章在这里结束，可以吗？当然，故事是完整的。可是优秀的小说家，从来不会止步于故事。

蘑菇有毒。人们都去医院洗胃。

“马可瓦尔多和阿玛蒂吉的病床挨得很近，他们怒目相视。”

——对城市空间使用权的争夺，还将继续。

这篇《城里的蘑菇》对我阅读当下的城市小小说，提供了什么新的眼光？书写情绪，是个人的；书写城市空间的使用权，是人类的。也就是说，住在你不太接受的城市里，依然不影响我们在自己的作品里思考人类的生存与命运。不要被自己的“不接受”弄得心神不宁，要从这种心神不宁出发，思考我们人类需要共同面对的困境，思考出路，甚至生发哲思。那些代表城市的小物件、小背景，不要总是局限于酒吧、咖啡馆，行人道上一块被碾扁的无花果皮，更能显出你对生存地的投入，更能显出一种文学直觉。我们写城市题材的小小说，应该像卡尔维诺那样，首先钟情于城市，然后再展开创作。如此，我们的城市小小说的面貌会大为改观。

好的小小说一定会自己讲述

——从卡尔维诺《市政府的鸽子》说起

卡尔维诺在他的《马可瓦尔多》一书中，让主人公马可瓦尔多生活在四季的轮回里。当然，但凡是人都是生活在季节的轮回里的。可是，我们——我说的是城里人——活着活着就忘记了四季的存在。不知从哪一天开始，我们堂而皇之沾沾自喜地生活在四大季节之外。比如，在夏天吃冬天的白菜，在冬天吃夏天的西红柿、西瓜。比如，我们对季节变换的重要感觉，只来自服装的变化。

《马可瓦尔多》，一季一故事，二十个故事，五番春夏秋冬的轮回。五，是最恰当的一个数目。少一个，就有闭门却扫的紧张；多一个，则显落絮冗散的无力。“五”在这本书里传递给我的阅读直觉是，任何事物轮回五番之后，臻于成熟，即可翻篇进入另一境界，再次别开生面。

季节的变化，是大自然给人类的最强烈信号。而且，这一信号的发出，永不言止。其突出的形象和执着的品性就是大海上的灯塔，就是飞机的飞行指引仪。

人们都会意识到，《马可瓦尔多》这种结构上的独特之处、精致之处。想到季节、人、大自然的关系，我只能在心里说：这种结构和形式，是这本书的另一个内容。这本书的结构与内容，就是风与火的关系，所谓风助火势。

《市政府的鸽子》出现在第一个轮回的秋天，也就是书中第三篇的位置。

这篇不足2000字的小小说，引发我背诵的欲望。

我早已不再想背诵文章的事了。背诵这件事，在我的潜意识里，似乎和我缘分已尽。

我真的没有料到，我会想去背诵一篇小说。在背诵《市政府的鸽子》的光阴间隙里，我听见我对自己说：背诵一篇小说，进入远方一个陌生人的躯体。

背诵散文，是在摩挲古化石上的纹路，美丽却难以进一步深入；背诵小说，是沉入宫殿，九曲回廊，无穷无尽。

说到背诵小说了，那就说说加夫列尔·加西亚·马尔克斯和胡安·鲁尔福吧。

在马尔克斯的言说里，他传递给我一个奇怪的信息：阅读，对他而言，似乎比他的写作更重要。对我来说，阅读和写作之间，阅读更重要是显而易见的，因为我根本算不上是个严格意义上的写作者。但，马尔克斯不同，他可是写了《百年孤独》《霍乱时期的爱情》《恶时辰》《族长的秋天》的马尔克斯呀。可是，你听他说："我写作从不为成名，而是为了让我的朋友更加爱我。"我觉得在人类的文坛，和这句话堪成对仗的是费尔南多·佩索阿说的"成为诗人不是我的野心，而是我独处的方式"。

我对马尔克斯说出那样的话，有点不得其解，最终我给自己的解释是：马尔克斯可能就爱这么缠绵地出人意表地表达他对身边人的情义吧。

这是马尔克斯在说他的写作，你再看看他怎么说他的阅读：

> 阿尔瓦罗·穆蒂斯带着一包书大步登上七楼到我家，从一堆书中抽出最小最薄的一本，大笑着对我说：
>
> “读读这玩意儿，妈的，学学吧！”
>
> 那就是《佩德罗·巴拉莫》。
>
> …………
>
> 当有人告诉卡洛斯·维罗，说我可以整段地背诵《佩德罗·巴拉莫》时，我还没完全从眩晕中恢复过来。其实，不止如此：我能够背诵全书，且能倒背，不出大错。并且我还能说出每个故事在我读的那本书的哪一页上，没有一个人物的任何特点我不熟悉。

对胡安·鲁尔福作品的阅读，让马尔克斯确信，他已比作者本人更熟悉作品。

我不会做到比卡尔维诺更了解《市政府的鸽子》，这更是我要背诵它的原因。

卡尔维诺的创作在世界文坛能独占一席的一个重要原因，就在于他小说中的科学性和几何理性。小说是感性的，在人类文学史上的很长一段时间里，它与科学、几何之间的关系往好处说就是互致敬意、两岸相立，激烈点儿的说法就是气场不和、水火不调。但它们在卡尔维诺的文学世界里，空前统一。这就是卡尔维诺最重要的文学风格。

卡尔维诺作品里的科学性不是凭空来的，他的父母都是植物学家，他自述：“我的家庭中只有科学受到尊重。我是败类，是唯一从事文学的人。”所以，卡尔维诺作品里的科学性，是家庭科学传统在发挥作用，是对家庭科学传统的另辟蹊径或曰再发展；当然也可以说是，卡尔维诺在向科学展示文学的内在魅力，他在向他的家庭证明：文学也可以很科学，科学却不能兼具文学之美。你能把他说的“败类”当真吗？你能简单地认为，他在向科学俯首吗？但“家庭中只有科学受到尊重”这句话启发了我对卡尔维诺的理解，就是他为什么有一颗人类古老的心、一颗质朴的心。这样的心灵闪现在小说中，让我感受到了作者自身的魅力。

短短的《市政府的鸽子》，体现了卡尔维诺的重要文学风格。

我们来看，《市政府的鸽子》第一段的两种译文。

下面这段译文出自某中学语文试卷“阅读下文，回答问题”的题中。

> 鸟类在迁徙时所遵循的路线，无论是往南还是往北，无论是秋天还是春天，都极少经过城市。鸟群在田地开有垄沟的圆形山丘上，沿着森林边缘高高飞越天空，有时仿佛顺着一条河流的蜿蜒曲线或一条山谷的洼地，有时又像随着看不见的风向而翱翔。但是，城市鳞次栉比的屋顶一旦出现在面前，它们马上就改道而远飞。

再看译林出版社版本中马小漠的译文：

> 鸟儿们迁徙时遵循的路线，不管是往南还是往北，不管是秋天还是春天，都很少穿过城市。大群的鸟沿着

森林的边界，飞过画着道道条纹的圆丘田地，高高地切过天空，有时好像是顺着河流、山谷沟壑的曲线飞，有时好像是跟着轻风那看不见的线路飞。但是，当它们一看到城市铁链一般的屋顶出现在面前时，就会远远地飞开。

在对两种译文的比较阅读中，我们会发现，很显然，马小漠在翻译中很好地把握住了卡尔维诺的文学风格。

从“往南”“往北”的宽宏视野开始，收缩为“边界”“道道条纹”“圆丘”，动态变化为“切过”“曲线”及至冰冷的“铁链”。——卡尔维诺小说中对几何理性的追求，在这段译文里表现得卓越、精致，呈现完美。卡尔维诺创作的雄心或者说是他小说里的哲学就是“捕捉宇宙的秘密”。在他通灵一般的思考里，捕捉宇宙的秘密，把握宇宙里那些无限可分的事物，他需要借助于几何图案。在他看来，几何图案是宇宙中最普遍明晰的模式。

既然说到了翻译，就把文中有关翻译的部分放在一起说吧。我在读马小漠的译文时，在一个地方，出现了困惑。第三段的第一句：“他走路的时候眼睛一直盯着飞翔的鸟，就这样骑到了一个十字路口的中央……”正骑着三轮车的马可瓦尔多发现了一条街上方天空中的丘鹬，他就一直蹬着三轮看天空的鸟儿，直到十字路口的中央。在这个过程中，马可瓦尔多没有从车上下来，何来的“走路”呢？走路和蹬车是两个不同的动作，它们不会同时出现在一个人的身体动作里。而且在一个句子里，出现“走路”“骑到”，这是一个矛盾。我想会不会是这样，“走路”在原文中是“行进”的意思，但“行进”和“走路”又极近意，于是在翻译中出现了这个矛盾？希望有一天能向马小漠老师了解这个问题的答案。

在第一个春天里，我们知道马可瓦尔多是个在Sbav公司干体力活儿的。到了这个秋天，我们知道他的活儿就是蹬着三轮车送货。同时，我们又多知道了一点马可瓦尔多的资料，他曾是个士兵。我觉得，卡尔维诺在这里提到马可瓦尔多曾经的身份，也是在让他自己曾经的创作经验在他新的写作实验里闪回。他早期的作品来自他当游击队员的经历，来自三等车厢里听来的故事，他用笔把这些掠劫一空后，开辟了属于他自己的写作领域——那些不带文学动机而经历的东西。写《马可瓦尔多》，他要着意打磨的手艺就是去文学动机吧。

蹬着三轮车的马可瓦尔多闯红灯了。脸色酱紫的警察在小本上记下他的名字和地址时，马可瓦尔多还在仰头看天，天空已不见了“那些翅膀”。卡尔维诺在这里使用借代手法，是文学的，也是心理的，他在暗示马可瓦尔多的心里已经长出了翅膀，飞离了他沉重的城市生活。

但，现实是个不好惹的主儿。马可瓦尔多对它片刻的飞离，就被它还以罚单和来自他上级的尖锐指责。

即便天空没有丘鹬，即便天空空空荡荡，我们知道，马可瓦尔多一样不会注意红绿灯。在第一个春天里，卡尔维诺就告诉了我们：他看这些东西就好似一眼扫过沙漠里的沙子。我们可以站到卡尔维诺给出的文字背后，看到马可瓦尔多平日的情形：天空没有丘鹬的日子里，他鼻子朝天地走着，但到底是把红绿灯给出的规则给忍了，顺从了。但，城市的天空一旦出现内容，一旦出现翅膀，马可瓦尔多就原形毕现。

前面说过，现实是个不好惹的主儿，现实不喜欢漠视它的人儿。它附体维利杰莫先生对马可瓦尔多大吼大叫。维利杰莫是仓库主任，马可瓦尔多的头儿，可以被大大方方地称为先生。他们的对话是这样的：

“你到底在看什么，你长了空壳脑袋啊？”

“一大群丘鹬，我在看……”

这个对话，让人想起林斤澜先生的一段话：“汪曾祺么——哎哎——他的小说创作特色和其他作家有一个最显著的不同之点是：别的作家都是有话则长，无话则短……哎哎，而汪曾祺刚好相反——他是有话则短，无话则长……”

这里的“一大群丘鹬，我在看……”就是有话则短。艺术的心，从来不分东西古今。

“一大群丘鹬”兴奋了主任的心，他是个老猎手，说出的话像是一个老兵：“猎人们已经开始往丘陵上挺进了。”主任完全忘了罚款单，像是他的心里从来就没有火苗蹿出过。他直接进入了臆想，而人类的臆想，其结果多是不祥的。

在主任的臆想里，鸟儿被猎人追赶，已拐到了城市的上空。主任的臆想，把马可瓦尔多——甚至把马可瓦尔多一家——从秋天的阳光下直接拐带进了冬天的寒冷里。这个“拐带”，是现实那个狠角儿在讨补主任因兴奋而免去的对马可瓦尔多的惩罚。现实的惩罚，变本加厉地来了。城里人马可瓦尔多的一小段生活轨迹，与主任臆想中的鸟儿的路线形成了某种对应。顺着主任的臆想，马可瓦尔多的脑海里，已经出现了周日一家人吃烤丘鹬的景象。

马可瓦尔多弄来了一桶粘鸟胶。我第一次阅读《市政府的鸽子》，看到“一桶粘鸟胶”，心中瞬间就有了“危险、麻烦”的感觉。马可瓦尔多带着自己的三个孩子在租住的公寓阳台上，布置停当：玉米粒已洒遍角落，粘鸟胶已刷满烟囱、铁丝和栏杆。

第一个麻烦来了，是个小麻烦。捕捉丘鹬的心太过急切，马可瓦尔多到处涂了太多的粘鸟胶，他的儿子差点儿把自己粘住。被胶水粘住的经验，不像别的小麻烦能过眼就忘。比如手指被划个小口，它会让我们微痛，但不会在我们心里产生复杂反应。被胶水粘住，却很不一样。这个经验会深入我们的精神、心理，不会太严重，但会挥之不去，甚至，说不定哪一晚，它会走入梦境里。儿子差点儿被粘住，对要吃烤丘鹬的贫穷的马可瓦尔多一家来说，不是好兆头。

丘鹬、鸭子、蜂鸟、鹳鸟，在等待丘鹬的夜里，它们分别进入了马可瓦尔多和他妻子、女儿、儿子的梦。这段梦境，一人一句，简短，但是有丰富的童话意味，也能入诗。这一段，只适合读诵，不适合复述，更不适合分析。谁会去分析“宇宙那稀薄而完整的轮廓”呢？在幻觉中徜徉，就足够了。

星期六，马可瓦尔多一家人在梦中多不得安息；天亮了，马可瓦尔多一家所期待的有一盆盆烤丘鹬的星期天终于来到。

他们没等来丘鹬，一只都没有。每隔一小时的殷勤探望，让他们等来了一只鸽子，一只瘦弱多筋的市政府的鸽子。卡尔维诺没有说他们怀着什么样的心情，只说他们烤熟了鸽子。

烤熟的鸽子为马可瓦尔多引来了警察。

脸色酱紫的警察又出现了，带着他特有的脸色出现了。酱紫，是属于秋天的颜色，那些甜美饱满的浆果的颜色，在城市没有涂抹之处，似乎只能挤上警察的脸膛。为什么是警察的脸膛，而不是仓库主任的脸膛？只有在警察的脸膛上，才有来来往往的行人看到，才能提醒他们，秋天已到来，饱满的浆果在召唤人们去采摘。在文中第二次看到“脸色酱紫”，我似乎听到了秋天的呓语：“我召唤你，你为什么不来？你忘记了你热爱的秋天。”

脸色酱紫的警察给马可瓦尔多带来了罪名：猎杀市政府鸽子。

这个罪名把马可瓦尔多冻僵了。冬天提前来临了。

其实即便到了这个境况，马可瓦尔多的周围还是有一丝暖气的。这丝暖气来自女房东，虽然马可瓦尔多已经欠了她六个月房租。

女房东对马可瓦尔多说的那句“您什么都不知道吧？”可视为交际语言，似乎也可视为为马可瓦尔多开脱之语。但，不管它是什么，都不重要了。洗衣女工带来了彻头彻尾的寒冬。洗衣女工告诉女房东，阳台上晾晒的衣服全被粘住了，为拽下它们，衣服全被扯坏了。

马可瓦尔多，无路可退。

“马可瓦尔多一手揉着胃，就好像不能消化一般。”

“不能消化”提醒了我：马可瓦尔多的胃里其实空空荡荡。他所有的对现实生活的“不能消化”，都源自他的胃里其实空空荡荡。

在这个句子里，“胃”吸引了我。一个人紧张、饥饿、无助……这负面的感受，让我简单地想到一个人体脏器——心脏。在这里，胃与心的距离，就是一个初学写作的文青和一个大作家的距离。心与胃，在生理上是很近的距离，而如果我一直维持少年时代的一翻而过的低劣阅读习惯，将永远体会不到它们在文学上的差距。

马尔克斯说得没错，能让读者激动到去背诵的小说，都会带给人眩晕之感。这个眩晕之感，除了来自作品的文字内容，一定还来自行文节奏：句子中的语感、段落转换间那音乐般的节奏。

若你闭目背诵《市政府的鸽子》，你自会体会：这些文字不是人手写出，这些段落的行进也不是人脑的构思，它们是由这篇小说自己在你的耳边讲述的。

小小说的经典品质：初读犹如重温

——从卡尔维诺《高速公路上的森林》说起

我想凡读卡尔维诺短篇小说或者小小说的人，大多都会喜欢《高速公路上的森林》，因为我想不出人们不喜欢它的理由。但，一时间，我对这篇小小说又说不出太多，它自己似乎已经说出了所有。或者就像含一块高阶定制的巧克力在嘴里，那种享受一样是让人无话可说的。另外它也是一个极为清晰的故事：寒夜，马可瓦尔多一家无柴取火，他和他的三个儿子砍回了高速公路上的广告牌。

在卡尔维诺的《短篇小说集》里，它被卡尔维诺自己编入了第一卷：艰难的田园诗。正当你觉得，终于可以从编排中、从每卷的名称中探寻一些作者对他自己作品的解释时，卡尔维诺立马就推翻了：他之所以在标题上加上“艰难的”，仅仅是因为之前大家都说他的作品是“容易”的，是“愉悦”的。他接着说，在这里把标题改成“愉悦的田园诗”是不是什么也不会改变。——就是说，在标题这个问题上，卡尔维诺不想承认他干了什么。那么，我想我还是回到《马可瓦尔多》吧。在这本书里，《高速公路上的森林》被放在第二轮四季的冬天。——《马可瓦尔多》里四大季节轮回五次的结构，大家在前文中已经了解过了。

《高速公路上的森林》，优美，忧伤，像是从我们的记忆里来，又像一直附着于我们的肌肤，从未离开过。也就是说，它在小小说里，是那种经典小小说，按它“父亲”卡尔维诺自己对经典小说的定义：即使我们初读也好像是在重温。

它的语言是卡尔维诺一贯的美，丝绸般流畅、柔软、闪光，像水流经我们的手指——“寒冷在这世上的游移有着上千种的形态和方式：在海面上，它就像一群马在奔腾；在田野里，它就似一群蝗虫猛扑而至。”

但是，寒冷进了城，就是一叶刀片。刀片带来尖锐的疼痛，这是卡尔维诺对城市寒冷的感觉。这种感觉就存在于我们体内，我们只是无暇顾及它，我们只是不想在寒风里停下来看它一眼。但，小的时候，我们不这样，小的时候我们感觉得到含在嘴里的糖是一种秘密，刀片和糖在我们的记忆里接通。

重温的另一个真切含义，在我看来就是，它说出的每一句话，都是在替我说。文中寒冷的一家人无话可说时的那段描述，就是这样。那段描写可以背诵，但不在这里摘录了，否则，《高速公路上的森林》就要在这里被重抄一遍了。

马可瓦尔多决定去打柴，他的装备是塞在外套和衬衫之间的四五张用来御寒的报纸和大衣下的一把长长的锯。这道具有点儿夸张，有点儿卡通，有点儿滑稽。很多人一生也不会经历把报纸塞在外套和衬衫之间取暖，马可瓦尔多这么干了。我知道这不是自己的经验，可是，奇怪了：他每走一步都会发出报纸沙沙的摩擦声，一直在我的耳边响，我能感到那报纸隔着衬衫，在我这一块那一块的皮肤上产生的不同触觉；随着人与报纸的亲密摩擦，似是而非的油墨味道从我的衣服下冒了出来；时不时从大衣的领口冒出来的锯，蹭着我的脖颈，蹭着我的下巴，让我怪不舒服的。——阅读的感受游走到了这里，我似乎捕捉到，那种重温的感觉来自童话特有的气息。

卡尔维诺在他的小说里，加入童话的气息，是为了方便他超越现实，从而进入更为轻松的不用克制的叙述和幻想吗？不是，恰恰相反，他用童话加强他小说中的理性，他用童话夯实小说中现实的地基。

马可瓦尔多到城里去打柴，他只能走进一小块公共花园，为他冻得牙齿打战的家人带回几根干树枝。这里的现实性，在哪里？

说一个人的现实经历吧。

这个人小时候在乡村长大，少年时去了四面环山、山下有溪的小城。18岁那年，这个人进了真正的城，省会之城。这个人想念草地、树木、野花……那折磨，不亚于沙漠对无水之人的折磨。这个人实在忍不住的时候，就会选择一个方向，蹬辆自行车一直朝城外骑。一次，他终于发现了一大块地，地里全是花。他兴奋极了，以为到了比他想象中还美的大自然。很快，他就明白，这是苗圃，这个城市的一个鲜花基地。他的心情怎么说呢，就像以为游入大海的鱼，回转头发现自己一直在鱼缸里。就这个地方，他也不舍得离去，求苗圃的主人让他在那里干了大半天活儿，临了，得了一大抱唐菖蒲。他的大自然里没有唐菖蒲，他觉得这唐菖蒲和他不亲。

那个人和马可瓦尔多在城里的境遇，没有实质上的区别。

马可瓦尔多在寒冷的夜里，向大自然求助，却只能走进公园。单薄的公园，在冬天会有什么？我们想一想都会替马可瓦尔多感到寒冷。

这就是卡尔维诺童话里的现实，现实的情感，现实的处境，还有严密的现实的逻辑。

果不其然，童话自己忍不住走了出来：小米凯利诺（马可瓦尔多的儿子），正哆嗦着牙齿读一本童话故事书，书里一个伐木工人的儿子带着斧子去森林里打柴。——怀揣锯子出门的马可瓦尔多的影像在这里被叠加。

马可瓦尔多的三个儿子告别了妈妈，去寻找森林。我特别理解他们站在没有楼房的地方时是什么心情。我经历过——以为没有了楼房，森林会自然出现，但每一次，我都像迷了路一样地困惑、焦急：不见楼房，也不见森林。我似乎看到了三个孩子的小身影。他们穿过无数的楼房，站在了高速公路上。这里有一种怎样的忧伤？——要修高速公路，人们一定要先毁了森林。

——这就是卡尔维诺把孩子们、把我们引向高速公路的用心。

孩子们把高速公路两旁的广告牌当成了森林：可怜的城里的孩子们，他们没见过森林；高速路旁的广告牌实在太密集了。

在各种形状和颜色的广告牌里，卡尔维诺让孩子们“砍倒了一株黄色报春花形的小树”，一株属于温暖、属于孩子的树。

马可瓦尔多当然知道，孩子们的森林是什么样子。他也要去那森林里砍柴，否则，他别无出路。

马可瓦尔多明知孩子嘴里的森林是广告牌，却还要去“砍柴”。这是卡尔维诺要在他的小小说里加强“故意的因素”。故意的因素在小说里，尤其是在缺少转圜空间的小小说里，是需要很高的操作技术的。否则，那“故意的因素”就会成为作者为自己挖的坑，最终还得辛辛苦苦地掩埋了自己的作品。—— 在小小说中，这种失败的操作会表现为作品的“热而假”或“冷而假”。总之，文章中的“故意的因素”和“假”是近邻。“假”，是一篇文章失败的最大标志。

马可瓦尔多的故意行为，被人告发了，这引来了路警阿斯多尔夫。也就是说,一个故意行为引来了一个现实中的必然结果——阿斯多尔夫要在夜晚去捉拿高速路上的砍柴人。在这个必然结果的行为人身上，卡尔维诺非常注意现实性和理性，他对路警阿斯多尔夫做出的人设是：一个近视的男人，一个前途不牢靠的男人。他近视，但他不敢戴眼镜，不敢对人说起，怕影响自己的前途。一个可以被眼镜影响的前途，是多么不牢靠呀！这个人设，让他与马可瓦尔多在面目上，有了几分兄弟般的相似。在这个冬夜，寒冷这叶刀片切入高速公路，同时会割痛马可瓦尔多和阿斯多尔夫—— 一个城市秩序的破坏者和一个城市秩序的维护者。

一个不戴眼镜的近视眼，在夜晚会看到什么样的景象都是合理的。卡尔维诺写作技艺的纯熟，在这样的细节上彰显无疑。他不再写有故意因素的马可瓦尔多，他让代表必然因素的阿斯多尔夫出场并站在舞台的中央，舞台上的一切场景都随阿斯多尔夫而真实可信起来——也就是说，充满了现实性。

阿斯多尔夫把广告牌上吃完奶酪舔着舌头的小胖子看成了马可瓦尔多，他错了；阿斯多尔夫把被画在一只生满鸡眼的脚中间的痛苦人脸看成了马可瓦尔多，他错了；阿斯多尔夫把爬在广告牌顶部的马可瓦尔多看成了广告中的偏头痛患者，他心说：“这广告很有表现力哈，痛得把脑袋劈成了两半！”——把脑袋劈成两半的是马可瓦尔多手中的锯子。阿斯多尔夫对着广告牌说出的最后一句台词是："我一下就明白了！"阿斯多尔夫在错误中明白了真相，城市里寒冷不安的真相。

《高速公路上的森林》的童话气息，在现实性中弥漫，这也是它带给读者"初读犹如重温"的感受的原因之一。

《高速公路上的森林》带我们重温心底的艺术感受能力。不会有人怀疑，在《高速公路上的森林》里的缪斯是以"寒冷"的形象出现的。但是，缪斯在文艺创作者面前的出现，往往不是作为一个完整的形象出现的，最先出现的或许是缪斯的一缕秀发，或者衣袂的一角，或者是缪斯的一种味道、一个声音。"周围寂静而寒冷。马可瓦尔多宽慰地叹了口气，在那个并不舒适的支座上重新调整了一下坐姿，继续干起他的活儿来。在被月亮照亮的天空中，锯子锯木板那微弱的唧唧呱呱声四下蔓延开来。"——通过这最后一段文字，我揣测《高速公路上的森林》里的缪斯是"月亮"、是锯子锯木板那微弱的唧唧呱呱声。

在小小说中，我发现，人们对于"太阳""月亮"这些在大自然中站"C 位"者越来越不在意了。今年，在一个月之内，我接触到两篇有关月亮的小小说，作品中都出现了"除夕之夜的月光"。一篇是人们在除夕之夜，对着大海上升起的"满月"（文中真的是"满月"）等待新年的到来，而且"满月"是作为那篇文章的一个重要文学意象隆重出场的。我带着巨大的困惑，真的请教了一位海军大校："海上的月亮是不是和陆地上不一样啊？"他的反应也很说明问题："除夕之夜没有月亮吗？"另一篇中，村民在除夕之夜，踩着明亮的月光按照本地的风俗去挨家挨户拜年。对此，我不认为是作者笔误。即便是笔误，笔误的产生也有其文化心理背景。这说明了两个问题：一是人们对大自然越来越缺乏感受力了；二是在历代文艺工作者对月亮这一意象进行创作之后，现在的我们在这种文艺影响的焦虑之下，直接缴械，放弃了对月亮等进行再创作的追求——反正我们不可能再有新的成就，我们放弃。放弃的结果有两种，要么是一种视而不见的迟钝，要么就是这种不视而见的虚妄。“锯子锯木板那微弱的唧唧呱呱声”，在我们走过的某条街上，或许我们曾经听到过，但我们听而不闻。卡尔维诺听见了，听出了李白曾听到过的月下捣衣声。“月亮”“微弱的唧唧呱呱声”带我们重温心底的艺术感受能力。

作为读者，我们应该想到，卡尔维诺是不会有经受城市贫穷的真实经历的。但，他的马可瓦尔多就是一个城市穷人。在《马可瓦尔多》这本书里，在经典的写城市寒冷的《高速公路上的森林》里，卡尔维诺是在想象一种贫穷人生的调性。这种想象中的调性，不来自他的真实生存，不来自一个个体的人的具体行为，它来自一颗理解人类的心，一颗关怀穷人的质朴之心。这样的来源，保证了作品的一种可普遍渗透性，它可以轻易舒缓地、没有任何障碍地走入世间每一个角落的每一颗人心。它不尖利，不情绪化，不怪异。谁见到这样的作品，都会感到这是与老友重逢。

经典作品，重温犹如初读，初读亦犹如重温。《高速公路上的森林》值得我们一读再读。从中，我们可以读出一篇小小说的经典品质。

一种文类复杂的小小说

——柯拉柯夫斯基小小说刍议

有一段时间，我比较关注文本中具有异质感的小小说。有人向我推荐了柯拉柯夫斯基的《关于来洛尼亚王国的十三个童话故事》(后文简称《十三故事》)。取到书，我注意到封面左上角印着“文化生活译丛”，翻到后勒口，看到列入这套丛书的还有《历代大师——伯恩哈德作品选》《思考与回忆》《权力、政治与文化》等。这样一套文丛里的小小说，会是什么样子呢？

当然，我称之为小小说作品，只是按照业界所认为的小小说样式去认定的。作者写的时候，可能脑海里就没有“小小说”这个概念。

《十三故事》里的小小说并不多，也就几篇的样子。我说“几篇”，那是因为，业界对小小说字数的界定目前还没有定论，还在探讨。这种探讨，在我看来，是小小说这一文体具有持续生命力的表现之一。

梁文道在讲博尔赫斯的小说时，认为博尔赫斯的小说在文类上是更为复杂的，更为曲折的，同时也更具有综合性。读完莱谢克·柯拉柯夫斯基的小小说，我个人认为，在文类的复杂性、综合性上，柯拉柯夫斯基的小说更甚于博尔赫斯。

在我的阅读经验里，对那些不好读懂的、烧脑的作品，一定要先了解作者是个什么样的人，他的小说是站在一个什么样的精神定位上开始下笔的，这样我们大致可以知道他写小说是为了什么，是想实现什么。

在我国，柯拉柯夫斯基应该是一个比较冷僻的作家。网上，我所能搜到的有关他的资料，大致都在《十三故事》一书的译者杨德友先生的“前言”里。我手头《十三故事》的版本是生活·读书·新知三联书店版的一版一印。当当网上挂着的多是后来的增订插图版，增加了芊祎的插图。我虽没有插图版，但一看到芊祎的名字，就知道新版会是文图相洽的版本，芊祎的荒诞感很适合《十三故事》。

柯拉柯夫斯基在我国冷僻，在他自己的祖国波兰，他的作品想必也不会太热。杨德友先生 2001 年在波兰旅居四个星期，寻遍几个城市的新旧书店，都没有买到柯拉柯夫斯基的书。直到 2006 年 1 月，他才受赠于波兰前驻华大使布尔斯基先生，得到了柯拉柯夫斯基的三本书，其中有《十三故事》中的《天堂的钥匙》。

波兰这个国家，享有国际声誉的人不少：哥白尼、肖邦、居里夫人、显克维奇、波兰斯基……波兰斯基就是那个拍出电影《苔丝》《钢琴家》的导演。柯拉柯夫斯基就列在这群熠熠生辉的名字里。柯拉柯夫斯基进入这一列名字的硬指标之一是，他是第一届“约翰·克鲁格人文与社会科学终身成就奖”的获得者，奖金一百万美元，是人文学科的诺贝尔奖。在颁奖词中，他被称为“一位真正的人本主义者，一位哲学家、思想史学者和文化评论家”，他是少见的见地深刻者。

面对这样一个人，你在读他的小小说之前，就会调整心态：

这和读别的小小说作品会很不一样。

《名人》的主人公名叫“塔特”。塔特一心想当名人，而且是名人中级别最高者：伟人。为达成这个目标，他第一个能想到的，就是他自己的身体，世界最高或者最低，总之是“最”，可是他本人却是中等身材。——这荒诞吗？我觉得它一点儿都不荒诞。我们很多人可能早都已经忘记了，我们最初意识到自己是人群中的一员时，所谓世界在我们的认知里就等同于我们身边的人群。我们面对这个人群，跃跃欲试，想成为老大的心，是那么真实、迫切。因为那个时候，我们还压根没有人类、世界、社会、等级、财富等这些概念。但我们拥有人心，想受到瞩目、被人仰视的人心，一种在人群中不用做任何努力、不用对任何人察言观色就能呼风唤雨颠倒人群的人心。可那时候的我们，往往一无所有。我们的第一个目光一定投向自己的身体，那是我们唯一能利用的，不假他物，不必向任何人提出申请或请求。寓意就在这里出现了：人群中的我们，绝大多数其实都是平庸之辈，这是先天注定了的。像塔特注意到的，他是中等身材——先天具有的，我们无可利用，比如天资，比如家庭。

自身具有的条件帮不了他，塔特开始创造条件——做一条长达 30 米的裤子、剃成光头——都没让他成为名人。直到他开始频繁地更换领带，一天 60 次的频次终于让他闻名于全世界。这种成功没有带给塔特丝毫的荣耀与快乐。从中得不到任何快乐的事情，往往是空虚无聊的。塔特没有在空虚中反省，他在空虚中大步幅前进，一脚踏进虚空里。他要设置这样一个名人：年长者中的最年轻者，年轻者中的最年老者。文学世界里，有文学人物，就一定有文学心理。我们更容易记住文学人物。但在这里，柯拉柯夫斯基在人类文学史上，留下了一个不灭的文学心理：把世界上的人都拉出来排个直线的队，我无论站在队伍的哪个位置，都是“名人”，不管前后都站着谁。这真的是一个绝妙的文学心理版本。这个版本是不是像魇蛊一样出现在我们的梦境里，欲醒不能，欲睡不成？柯拉柯夫斯基通过塔特揭发了人类这一普遍的不良心理后——说它是不良，是因为这一心理的设置背景是，内心贬低身边所有的人——他立即让人群否认了，就像一个人被揭短后常做的那样。但这里，不是一个人，而是人类中的大多数。这个群体拥有至高无上的话语权。柯拉柯夫斯基在这一点上，是这样处理的：“但是，他（塔特）一开始宣讲这个计划，大多数人就无论如何也听不懂他的意思。他这才深信，因为众人愚蠢得不可救药，他的雄才大略得不到赏识。”

这一段文字让我想起一件事。一个朋友去国外旅游，半途遇到个有点社会身份的游伴。这样的途中聊天，你知道的，有时会惊人地坦率。他们结伴期间，他的游伴不止一次地对他说：“如果遇到当官的，我就跟他比文化；如果遇到文化人，我就跟他比财富；如果遇到土豪，我就跟他比相貌；如果遇到有文化的帅富官，我就——”我的朋友讲到这里，停顿了一下，说，“跟他比谁年轻。”看出柯拉柯夫斯基厉害了吧，“人类学者”的称号不是白得的。

从雄才大略的高峰上下来，塔特开始制作世界上最大的甜面包圈。当然，他不会成功。

以上这些是《名人》第一个段落的内容，涉及的事物值得玩味：身高或者脑袋，都源自我们的肉身，与我们不可分割；裤子、领带，几乎是每一个社会人日日要摆弄的物件；年龄，是我们生命长河里日日夜夜、岁岁年年、分分秒秒陪伴我们的；甜面包圈，常吃的食物。

——塔特或曰我们自己，围着自己的身体、自己的日常打转，碰壁不止，愚蠢不息。

这是这些事物的内在寓意。

且看它们的排列形式：

身高、脑袋，内；裤子、领带，外；年龄，内；面包圈，外。这里的“内”指与一个人身体生命相关的内在，“外”指身外之物。这样的出现序列，在这充满智慧的文章里，令文字的内在曲线柔和多姿。在这文类复杂的小说里，作者不会忘记文学趣味。

塔特成为“名人”的努力在继续。脱离了身体、衣服、食物这些儿童期就能接触的事物，他开始求助于习惯，一种生活方式。塔特的努力更为复杂了。他求助于他的“邋遢”，他也成名了，没有人比他衣服上的泥污点更多。善良之外，清洁是最大的美德。塔特走向了反面，他的成功注定只能是短命的。

塔特加快了追求成名的速度。柯拉柯夫斯基为了制造喜剧效果，为了加强讽刺的意味，在这里使用了快镜头：塔特在快速纫针，塔特在快速铺床叠被，塔特在拔瓶塞、抽书签、折火柴、挤牙膏、点蜡烛、摔盘子、缝扣子……或许是缝扣子时，针扎了塔特的手指，快镜头结束了。

在蓄势的没有细节的快镜头之后，文章的节奏舒缓了起来，进而变得极慢。

——柯拉柯夫斯基很注重文章内在的节奏，他在写作的过程中，耳边似乎回响着一首曲子。

塔特依然没能成功，他开始抱怨社会对荣耀分配不公。但他绝没有望峰息心，他开始拜访友人，以求指点。

柯拉柯夫斯基在文中没有一分钟不在折磨塔特，不在嘲讽塔特，即便在他拜访朋友的路上。——这样紧密地围着主人公的写作手法，绝不放过主人公的手法，很值得小小说借鉴，因为小小说太短了，往往容不得作者在这里分神、游移。

塔特走向邻近的朋友，足足走了两天两夜，他要成为世界上走路最慢者；塔特在和朋友交流时，立意要把自己训练成世间说话最慢的人，也就是结巴中的结巴。

“怎样才能名扬天下？”

朋友给的建议，近乎真理：有很多钱，出名就极快。怎么得到很多钱？得有名气。

塔特带着珍贵的指点离开了。但他发现朋友没告诉他具体实践办法。

又经几番失败的努力后，塔特顿悟：要做一个世界上最默默无闻的人。这次他成功了。几天后，人们忘记了他，连为他写书的人也不知道他的下落，“我们也没有办法继续写出塔特的故事”。

塔特让我看到了一类人生。

塔特是那个绕到我们背后，掀开我们的衣摆，让我们露出我们正在怡然自得地摇摆着的尾巴的人。

这是一个小说家在写作吗？是的，他的文学水准、小说该有的技巧在那里放着。可是阅读中，你能感受到社会学者的剖析、心理学者的敏锐。与其说他的写作动机来自文学，不如说他的写作动机来自社会学或大众心理学。

《以色列人民，或曰毫不利己做法的后果》《挪亚，或曰对团结的考验》《亚伯拉罕，或曰高尚的悲哀》以及《路得，或曰爱情与面包之间的对话》，在我所读的小小说中，这几篇是不可多得的酸爽文字。敲下“酸爽”这两个字，我还是犹豫的，会不会对柯拉柯夫斯基老师不够尊重呀？酸爽，神经被刺激到麻痹之后的神清气爽，气脉流畅。嗯，还是保留吧，柯拉柯夫斯基老师又绝不是那古板的人。或许，在我的潜意识里，我是希望“酸爽”这个词能为柯拉柯夫斯基老师吸引来更多的年轻读者吧。在编辑部的稿签上，隔一段就会看到这样的编辑意见：文章具可读性，会给人带来阅读快感。相对于柯拉柯夫斯基这几篇小小说，一些小小说的阅读快感级别恐怕要被调低一档。美国国会图书馆馆长詹姆斯·比林顿评柯拉柯夫斯基的文章时用的词就很“国会图书馆”：“高度可读”。

这几篇都源自《圣经》。《圣经》《古希腊神话与传说》，在阅读西方文学时，是怎么也绕不过去的。但是，我得承认，至今我也没有算是完全读过《圣经》和《古希腊神话与传说》，就像我至今也没有读完《山海经》。《圣经》里的人物、故事、寓意总在文艺作品中以寓意的面目出现，希腊众神和众人的各种关系至今我也没搞清楚……这会引起我的阅读焦虑，焦虑的结果就是买书。买来却没有恰当的时间去读，就更焦虑了。我看到这几个标题时，其实不太确信能读得进去，有些小心翼翼的。读了《以色列人民，或曰毫不利己做法的后果》，明白了柯拉柯夫斯基不是单纯地在讲《圣经》里的故事，而是别有意旨，而且那些意旨都极其丰富。

这种意旨的丰富性，只能通过文类的复杂性来表现。

《以色列人民，或曰毫不利己做法的后果》一文中，作者很耐心地甚至是很开心地探讨了“爱的理由”。他从上帝对以色列人民的特殊之爱引入，上帝对以色列人说：“你们令人喜悦。”柯拉柯夫斯基非常从容镇定地表达他对爱的说明：爱不需要理由，只要某物某人让你愉快。

我们省里有一位著名的作家，老来独居。有人要为他寻求伴侣，问他："您有什么要求呀？"老人家顿了几十秒后，说了两个字："愉悦！"当时我年轻呀，在一旁觉得，老先生在这事儿上还真是清浅得可爱啊。那时候，我对爱，应该有不少于129个字的附加描述。如今，我想起老人家的回答，会说："老人家深刻！"

给了一些"甜点"之后，《以色列人民，或曰毫不利己做法的后果》就开始烧脑了。柯拉柯夫斯基开始发出疑问，他质疑上帝因"喜悦"而给予以色列人的毫不利己的爱和特殊关怀的行为。他以他宗教史学家的身份罗列了下列时代：

罗马帝国，
西班牙异端裁判，
德雷福斯事件，
第三帝国，
和性质类似的其他若干现象。

文中就是这样罗列，以一种诗样的异常简洁的形式。这个形式，产生一种大理石般沉稳可信的效果。读者不再纠结自己并不明了那些时代和那些现象的事实，读者选择直接跟着柯拉柯夫斯基走，并准备信赖他的结论。他的结论就是：这种毫不利己的爱和对于造物主即将给予上帝子民特殊关怀的提示，实际上是没有价值的。

他并没有止步于这一见解。对给予者提出疑问后，他又对爱的接受者抛出问题：依靠毫不利己的爱有多少意义呢？

柯拉柯夫斯基在这篇1500字左右的小小说里，面对了上帝，面对了以色列人民，面对了读者，面对了芸芸众生。最终，他以一种风行过大地一般的超然态度，指出了教训：让我们不要依靠毫不利己的情感；让我们更多地依靠互惠理念，而不是善意。他给出的忠告是：我们接受多少，取决于我们能够给予多少。

《挪亚，或曰对团结的考验》颠覆了我对挪亚方舟这个故事本就不太清晰的印象。文中，挪亚是一个长于阿谀奉承者，他的奉承对象就是上帝且只有上帝。他阿谀奉承的本领之高、程度之深表现在这里：上帝要淹死他全部的拙劣摹本，只拯救一个人——挪亚。柯拉柯夫斯基把挪亚写成极善阿谀奉承者，是有其文学的或者是哲学的动机的。他要让挪亚的阿谀和挪亚心中那一点正直感去撕扯去决斗。这样，他的文本才会更好看，更激动人心，也才能更好地展示他的思辨。就像莎士比亚把哈姆雷特塑造成一个文艺气十足的知识分子，然后再让他去弑杀后父，比把哈姆雷特写成武夫去复仇更能活在人类的记忆里。随后大段的文字在写挪亚的两难处境：背叛同胞，还是为世界彻底毁灭而负罪责？这是个比“生存还是毁灭”更复杂更沉重的问题。挪亚最终决定挽救人类背叛同胞。奉承与报复是孪生的。柯拉柯夫斯基走进挪亚的内心，看到了一个暗黑的时空隧道：挽救人类，报复上帝。他的子孙后代会是一帮不肯悔改的叛逆分子，他们将是全能上帝挥之不去的苦恼根源。——这是当下人类的某种肖像吧。柯拉柯夫斯基是绝不会满足于写一部《圣经故事新编》的，他关怀的是现实人类的命运和气数。他要刺激的是现代人们懒怠的行为和迟钝的心态。

《路得，或曰爱情与面包之间的对话》是柯拉柯夫斯基以《路得记》为原型，探讨或者在向世人说明他心中的爱情观。

因为是爱情的主题，柯拉柯夫斯基在第一段中所用的文辞非常富有诗意，语调也舒缓如吟唱，情感的表达婉转而悠长。比如写路得与玛伦“共享婚床十年之久”；玛伦去世后，“他的妻子路得独自留在故乡，永远失去丈夫”。

在第二段里，需要注意的是，路得把丈夫的逝去称为“玛伦离开了我，背叛了我”。作者在这里已经开始为路得“为面包付出爱情”的行为，投入了理解。路得和婆婆到了犹大之地伯利恒。路得到波阿斯的地里捡麦子，引起了波阿斯对她炽烈的情爱。一谈到爱情，柯拉柯夫斯基就爱用“愉快”这个词——“路得比伯利恒全城的女人都更加令他愉快”。路得听从婆婆的，为了面包，夜里在麦田间轻轻抚醒熟睡的波阿斯。天亮后，带着面包回家的路得深深自责，自污为妓女。她的婆婆称她这是爱情，必将赢得世人的尊重。婆媳展开了“面包与爱情”的多重讨论，她们的讨论一直持续到波阿斯派人带来要迎娶路得的消息。这个消息证明，路得的婆婆是对的，柯拉柯夫斯基明白无误地亮出了自己的爱情观。

这篇文章引人瞩目的地方是，柯拉柯夫斯基总结这个故事时的语气与态度，那是一种国王般的态度——我指的是真正的人间之王，而非宫斗里的国王。他总结说：“这个故事中哪一个细节也不应该受到嘲讽、笑话、怒斥或者轻蔑。”至此我们知道，婆婆的话都出自柯拉柯夫斯基的心：为了报答你得到的面包，你付出的不是身体，是你高度重视的女人的名誉，是你的灵魂。——作者表达出这样的爱情观，这种爱情观背后的心灵，已经能够得到人们的尊重。他却并没有停留在这个层面上，他由爱情入门，走入了人类社会：我们的嘲讽常常是毫无意义的，我们的愤怒是虚伪的，我们的轻蔑是愚蠢的。——谁读这样的句子，在其中感受不到自己星点儿的身影，我将视他（她）为半神。柯拉柯夫斯基在这篇文章里，表现出了他十足的个人魅力。

《亚伯拉罕，或曰高尚的悲哀》说的是亚伯拉罕和他的儿子以撒的故事，这是一个非常著名的故事。西方世界似乎没有停止过对它的解读。在《圣经》里，上帝指令亚伯拉罕燔祭他的独子以撒，亚伯拉罕听从了上帝。这一年，亚伯拉罕 125 岁（或者 137 岁），以撒 25 岁（或者 37 岁）。青年以撒顺从了他的父亲，被捆绑在祭坛的柴火之上。读《亚伯拉罕，或曰高尚的悲哀》最大的美学享受是，柯拉柯夫斯基没有让以撒被捆住手脚。他让亚伯拉罕堆放圆木筑坛，让以撒在一旁观望，甚至都没有让以撒出手帮忙。柯拉柯夫斯基在这里似乎想传达出亚伯拉罕对即将被献祭的儿子最后的为父心意。但在这篇文章里，以撒要比他在《圣经》中敏感得多，“他胆战心惊地凝望着他父亲，小心翼翼地提出几个问题”；同时，亚伯拉罕也比在《圣经》中谨慎得多，他在去往上帝指定地点的路上甚至都没有告诉儿子他们是去做献祭。柯拉柯夫斯基的改编是严谨而周密的。为了亚伯拉罕的谨慎，他在文中放弃了《圣经》中那著名的一问一答——

以撒：“请看，火与柴都有了，但燔祭的羊羔在哪里呢？”

亚伯拉罕：“上帝必自己准备做燔祭的羊。”

《亚伯拉罕，或曰高尚的悲哀》里，亚伯拉罕面对儿子的几个问题，回答得“阴郁而含糊”。他没有说明以撒那几个小心翼翼的问题是什么，但恰恰是这一处理让以撒内心的恐惧更加外溢。读者能体会到：恐惧的以撒，都不知道自己在问些什么。但以撒不是在说，而是在问，这说明在他内心深处还是指望来自父亲的保护，他在恐惧中努力和父亲保持互动以妄求安全。

柯拉柯夫斯基做如此改编，想必是受了丹麦宗教哲学心理学家克尔恺郭尔的影响。他在开篇也说得很明确：“亚伯拉罕和以撒的故事被克尔恺郭尔及其继承人从哲学角度解释成为恐惧问题。”如此，更为有意思的事情，就在阅读中出现了。从这个开篇出发，这篇文章就不再是一篇文章，而是两篇——

克尔恺郭尔，现代存在主义哲学的创始人，一生郁郁寡欢，他生命的主人是战栗与恐惧，他认为人存在的三种层次与三种恐惧相伴。这份遗产，来自他的父亲。他的父亲是一位由贫而暴富的传教士，自认为因早年间诅咒上帝并违背戒律而得来无边的阴暗和无期的痛苦，他的五个子女先后夭折。克尔恺郭尔，就是他父亲违背戒律的结果，一个私生子。绝望的父亲把焦虑灌进他的灵魂，阴沉的父爱让他背上双重的原罪。

亚伯拉罕以他对上帝的绝对服从，为儿子带去恐惧；克尔恺郭尔的父亲因诅咒上帝，给儿子带去一生的恐惧。这就像一幅画中墙上挂着的另一幅画——克尔恺郭尔就是柯拉柯夫斯基楔入《亚伯拉罕，或曰高尚的悲哀》中的另一篇作品。绘画中的嵌套手法，在小小说中，还是很少见到的。

文章继续顺着“恐惧”给出的路线行进。亚伯拉罕不捆绑儿子，他想让儿子避开命令所带来的恐惧，于是，从脑后给他（以撒）闪电般的快速一击，这一击是内行的，准确的，让这孩子没有时间想到命运。如此，读者会想到，亚伯拉罕将独自承受双重的恐惧，来自上帝的命令的和来自亲手击杀儿子的罪孽。大师的手法，永远如此冷静。随后的内容，可剪辑出如下的镜头：

亚伯拉罕在以撒身后举起了屠宰公牛的大刀。

天使出现，大喊："刀下留人。"

以撒回头看见父亲举刀残酷的模样，昏倒在地。

从天而降的上帝，拍拍亚伯拉罕的肩膀，以示赞许。

以撒那一回头的表情，就是闪电劈开夜空的瞬间。

以上所述，都是《亚伯拉罕，或曰高尚的悲哀》的文学内容，它的哲学内容在文章中占有更重的分量、更大的篇幅。那是关于"服从""权威"以及"服从权威"的思辨，关涉国家、民族、政府、家庭、法令、军队、士兵。最后，他把矛头指向知识分子，那些老朽的和胆小怕事的知识分子。而且，柯拉柯夫斯基在文章中从容地对自己的所写进行了探讨，指出文本的另一种可能、另一种教训。

我只能说，柯拉柯夫斯基小小说中表现的文类的复杂与曲折，令人眩晕。文学、哲学、心理学、社会学……它们一起来到小小说这个空间时，毫无挤挨之感，各不越位，各有尊严，各显魅力。它们让小小说呈放异彩，让小小说在小说家族中成为一种有尊严的存在。把"天赋异禀"这个词敬送于柯拉柯夫斯基老师，恰如其分。

小小说里的两个著名叔叔

——小小说里的现实手法与超现实手法刍议

中外小小说作品繁多，阅读者徜徉其中，时间久了，自会循自己的徜徉路径，构建出一个属于自己的小小说社区。这个社区的居民，就是小小说作品。就像一个社区的老户了解街坊之间的瓜葛，小小说阅读者也会于不经意间撞见小小说社区里居民间的隐蔽渊源。

小小说的世界里，有两个著名的“叔叔”。一个是莫泊桑的《我的叔叔于勒》，一个是布鲁诺·舒尔茨的《查尔斯叔叔》，前者是现实主义的叔叔，后一个是超现实主义的叔叔。

现在说起这两个叔叔，说话者要先让自己的心沉稳起来，安静起来。原因在于，对于前者，无论是对作者还是作品，我们大多数读者都太熟悉；对于后者，小小说读者中熟悉的人又太少。说话者在“冰火两重天”中行走，自然需要多出一份安稳心境。

我读《我的叔叔于勒》，是伴着“中心思想”读的，也就是说，是在中学语文课上读的。我至今能结结实实地记得，它的中心思想是“批判资本主义社会的拜金”，它的叙述手法有“倒叙”。很多人对在中学语文课本上学过的课文，不知道为什么，都有一种复杂的感受，好像，它们的某种神秘已不存在，某种魅力已被损耗。

我们提起它们，会说：“哦，课文里选过。”然后就不会再多说什么。

我是在近乎窒息的惊艳中读过《查尔斯叔叔》之后，想起《我的叔叔于勒》的。我又匆匆读了一遍《我的叔叔于勒》，那是一种带足了偏见的阅读：我就是想再一次确认，现代的写法多么棒，而传统的现实的写法在它们面前多少会显得笨拙。——这种比较里，有一种明显的轻率的态度。这种态度引起我内心的某种不安，为消除这种不明确的不安感，我终于静下心，在我中学毕业 N 年之后，再一次阅读《我的叔叔于勒》。

在这里，插入一段题外之话。

我非常喜欢余华老师的一个表达：“文学史的不幸在于，它总把文学家放在第一位而把文学放在第二位。”很多大作家都是精通阅读的人，余华帮广大阅读者从文学编年史专家那里一劳永逸地拿回了话语权：文学的历史和阅读的历史其实是同床异梦；更多的阅读者不会在意作者的生平、数量和地位；每一位阅读者都以自己的阅读史编好了自己的文学史。说出另外一个事实，余华的话就更普适了。当我们两眼放光地回忆起学生时代，我们会说起那些教育秩序、所学的知识内容还有老师们所要求的各种规章制度吗？不会。那些代表学校的元素并没有真切地走进我们的记忆，虽然它们改变了我们的命运。我们想到的是那些没用的事：课堂外的趣事、早恋、校园路旁的植物等。阅读也是如此。我说这些，是因为，莫泊桑就是一位在文学史上拥有极高地位的作家。而他那耀眼的名头，多年来，我都是视而不见，因为我没有用心读过他的作品。他与俄国的契诃夫、美国的欧·亨利并称为“世界三大短篇小说巨匠”，而莫泊桑更被誉为“世界短篇小说之王”。这三人中，对小小说文体影响最大的是欧·亨利，在小小说创作中有一种样式就叫“欧·亨利式”——突出结尾艺术的一种小小说样式。早些年，这个形式的小小说大量出现过，近年来，追求“欧·亨利式”结尾的小小说比较少了。莫泊桑、契诃夫的小小说作品都被选入过小小说文集，但都没有被广泛讨论。

莫泊桑在文学史上的地位，是他一篇篇作品奠定的，但在一个读者那里，却会被轻易滑过。于我而言，真正了解莫泊桑，竟是从带着偏见重读《我的叔叔于勒》开始的。

再次重读《我的叔叔于勒》，我有两点认识。第一点是关于莫泊桑本人的。莫泊桑的作品放在他的时代去看，是那种在风格上带给世人清新之感的作品。他对文学艺术自觉的追求非常明显：他有意超越同时代的作家，超越同类的作品。他做到了。放在当下来看，我们的很多小小说作品至今没有达到他的创作水准。莫泊桑的那种对现实非常沉稳、异常清晰的表达方式，那种面对现实诚意具足的胸怀，至今需要我们学习。第二点是关于现实与超现实的。在《我的叔叔于勒》与《查尔斯叔叔》之间反复阅读，一个感受就很明显地出现了：超现实的作品，是在伟大的现实主义作品基础上出现的。后世的作家在一座座现实主义作品的高山面前，产生文学的焦虑，他们要突围。他们突围的结果，就是超现实主义作品的诞生。影响的焦虑，本是一个在文艺界被广泛认识的现实。我第一次认识到文艺界的“影响的焦虑”，是通过《傅山的世界》这本书。在这本书里，作者非常生动地再现了傅山作为一个明末清初的书法家，面对秦汉、魏晋、大唐的作品，面对自己所处的法帖时代，自觉无路可走。他的书法作品中出现了异体字，甚至他自创的字，就是他在焦虑中突围的结果之一。傅山如此，古今中外有追求的有尊严的文艺界人士莫不如此。这一文艺界的现实，在两篇小小说上具体而微地呈现出来时，依然让人深受感动。

重读《我的叔叔于勒》：

“我小时候，家在哈佛尔，并不是有钱的人家，也就是刚刚够生活罢了。我父亲做着事，很晚才从办公室回来，挣的钱不多。我有两个姐姐。”——这样的语调，这样的语言，让我们觉得我们并不是在读一篇小说，而是在听一个人给我们说话，而且是面对面地说话，没有隔阂，没有造作。他放低语调，声音平和，同时注意掌控情感的温度，那是一种36.7℃的温度。现在的人们，爱说零度叙述。而我爱在小小说中寻找那种36.7℃的叙述温度。36.7℃，是人体的正常体温，就是这个正常体温，文字却不太好呈现。刘庆邦老师写过一组“市井人物”系列小小说，我在那里看到了一种36.7℃的叙述。“市井人物”系列都没有曲折的故事，要写的就是人物生活的常态。能把常态写好是顶难的，有点类似于武功高手到了最后，手里拿根柳条也是剑那种境界。而36.7℃叙述的艺术魅力在于，它能以人类的正常感受制衡外界的紊乱，能够安稳人心。《我的叔叔于勒》写“母亲”面对拮据生活而又要维持基本体面的痛苦，以及由于这份痛苦渗透进精神里的紧张，这些都是36.7℃的。“母亲”并不是天生势利的人，她的所谓“拜金”里有比苏秦的嫂子更曲折的东西，她的拜金远没有苏秦的嫂子那么坦然。她的拜金和势利里有一种痛苦的成分、紧张的成分。这种痛苦和紧张，从36.7℃的生活中来，真实可信，并能被读者深深理解。那种感受，我们似乎触手可及。写“父亲”的隐忍、负重与期望，是36.7℃的。写“叔叔”这个主人公，依然是36.7℃的。“叔叔于勒”，不富裕人家的一个不懂事的孩子。他少年时的荒唐不是坏，就是不懂事，不懂得克制生命旺盛期的欲望。当他觉得自己有可能补偿亲人时，他就立即许诺，毫不含糊。他对家人对家乡的感情也从未消弭，老年落魄，他依然选择停泊在离家乡很近的异国小岛。这种 36.7℃的叙述，让于勒活到了现在，活在世界各地。这样的人一直都有。36.7℃的体温所能感受的生活日常多是混乱而零碎的，从混乱和零碎中提萃出艺术因子，作为小说表现出来并让它流传后世百年不衰，非“巨匠”不能为之。我们当下的小小说创作，需要向莫泊桑学习的还有很多。

说《查尔斯叔叔》之前，先说说布鲁诺·舒尔茨吧。舒尔茨，波兰籍犹太作家。他不是一个大众熟悉的作家，但凡热爱他的人都会怀着一种隐秘的骄傲和深深的忧伤背诵下面的话：“舒尔茨是一个作品少得可怜、取材范围狭窄、创作也没有产生巨大反响的伟大作家。”

舒尔茨，在人间待了50年，做过中学美术老师，纳粹枪扫街头时，他中枪倒在家乡德罗戈贝奇的街上。

卡夫卡身后的读者群，已蔚然而成森林。普鲁斯特的研究者，多在庙堂。相对而言，舒尔茨的读者群犹如小树林，他的研究者也多在江湖。可这并不会影响热爱舒尔茨的读者那敏锐的触角伸出后，得到这样不容置疑的肯定判断：“舒尔茨，他有时候写得像卡夫卡，有时候像普鲁斯特，而且时常成功地达到他们没有达到过的深度。”——这话是诺贝尔文学奖获得者艾萨克·辛格说的。

假如说《我的叔叔于勒》是清晰清晰再清晰，《查尔斯叔叔》就是繁复繁复再繁复。这可能就是现实主义写作与超现实主义写作在外在样貌上最好辨认的不同。《查尔斯叔叔》是一篇被比喻、拟人这两种修辞手法占领的小小说，通篇数下来，没有比喻和拟人的句子仅有七个。而这七个句子，每一个句子出场，都带有让人紧张不安的因素："与家人分居的单身汉""这个家就再也没有清扫过""陷入苦思冥想""拖着身子勉强从床上起来""身体开始发福""从无妄的沉思默想中苏醒""常常在两个独立的动作之间磨蹭很久很久"。而他的"比喻"真的是华丽且使人紧张，让人在文字中看到了哥特式教堂的尖顶："破烂、冰凉、凌乱的被褥像一个幸福的港湾……""彻底探寻一番从夜色中升起的羽绒的坚硬的山丘""被抛弃在那堆无法驾驭的被褥的海滩上"……舒尔茨在把他对事物的认知、对感受的把握对世人做呈现。我想，他是在这种呈现中力图消除他现实生活中的几近与世隔绝。在这种从 A 到 B、从 B 到 C、从 C 到 A 的认知循环中，他得到来自万物给他的安慰。我们也注意到，在比喻的 12 种形式中，舒尔茨钟爱其中级别较高的暗喻，排斥易于产生五彩斑斓效果的博喻。但是，比喻终归是一种认知他物的方式，再极尽能事，也毕竟是"你是你，我是我"。布鲁诺·舒尔茨在这种修辞里依然得不到他梦寐以求的文字带给他的应有满足感。在《查尔斯叔叔》的后半部分，他转而频繁使用拟人手法。越到后来，他的拟人越出神入化，事物似乎不再甘心被"拟"，它们成了"人"："恭候他的圆镜""皮肤品尝了一下那清纯、甜美、变了味的湿漉感""那几间空空荡荡和荒疏已久的屋子还不认可他，家具和墙壁带着无言的挑剔与责备的神情望着他"——注意到没有，布鲁诺·舒尔茨是在简单地使用一种修辞手法吗？不仅仅。他通过对拟人的使用，让物质世界一点点一步步强大起来，让生活在物质世界里的人开始无所适从，开始"觉得自己像个莽撞的入侵者，感觉就像一个小偷"，这种拟人的奇迹就是逼迫主人公“我的叔叔查尔斯”开始情不自禁地踮起脚尖挪动，开始蹑手蹑脚地在梳妆台和壁柜间走动……终于——他“在家具中穿戴好，这些家具默默地容忍着他的一举一动”——物质在拟人中，被舒尔茨极高妙地确立了主人的地位，这种地位的转换本身极具文学哲学意味，可布鲁诺·舒尔茨在无意间完成，就像一个人的扬眉瞬目。这种文学的完成度是完美的。所有具有完美完成度的文学瞬间都有神性，给世人以神启。细读这段文学平衡木上的百分之作：

> 最后，他从梳妆台那儿蹑手蹑脚地走到壁柜前，一件又一件地找出自己需要的东西，在家具中间穿戴好，这些家具默默地容忍着他的一举一动。终于就绪后，他站在那里，手里捏着帽子，感觉极为尴尬，甚至在这最后关头，他都找不出一个词来消除那种充满敌意的沉默。接着，他缓慢地，顺从地，耷拉着脑袋向门口走去，这时另外一个人，一个永远背过身子的人，以相同的步履，朝相反方向走进那面镜子的深处，穿过重重并不存在的空空荡荡的房间。

这段文字的哲学意味真的太充沛，充沛的哲学意味的到来并不高冷，它带着十足的人情味：查尔斯叔叔，一个经常日夜颠倒地狂欢的男人，他有能力在纵欲中看到自己的宿命却无力停止继续堕落；这个拥有一双女人一般的脚的男人，眯起眼睛就能看到宿命里的肿瘤来势磅礴、生机盎然，但是他把目光投向了另一个维度的空间里。在那里，他只看他想看见的。在世间，他是一个会新陈代谢的痴呆植物。这样的人，连房屋、墙壁、家具都可以责备他，甚至连一面小小的圆镜都可以嘲讽他——“恭候他的圆镜”这六个字其实是充满嘲讽意味的。但世间永远不乏神启。恰恰是在物质世界对他的嘲讽与责备中，这个本来只有汁液在流动的人有了警醒，在空虚、空寂之外，他竟然有了“尴尬”之感。——在全文那么多的对“查尔斯叔叔”感觉的描述里，这是唯一带有人气儿的。这点人气儿，是生命的苏醒，它会随之带来真诚的忏悔吗？没有忏悔的人生，是不值得过的。舒尔茨想告诉我们什么？物质世界和精神世界之间其实是相通的，经人手创造出来的物质是可以在心理深处暗暗地影响我们的。他运用繁复的比喻、鬼斧神工的拟人，都是以他的方式在告诉我们，在提醒我们，物与物、物与人其实是可以很好地沟通的，是可以无障碍地交流的。在卡尔维诺那里，结构可以是另一种内容。在舒尔茨这里，修辞手法的运用也可以是一种文学哲学的暗喻与引申。

文章最后，那个永远背过身子的人，那个走向镜子深处的人，在阅读者之间引起了广泛的讨论。有人说这暗示了我们被生活吞没的样子，我对这一说法的疑问是：镜子外的查尔斯叔叔已经是被生活吞没的标本了，有必要在镜子中把这一形象再重复一遍吗？走向镜子深处的是另一个查尔斯叔叔，是毋庸置疑的。他与现实中的查尔斯叔叔永远背身而立，那就是说，镜子里的查尔斯叔叔是另一番形象：僧侣般克制欲望，宿命安然。即便是这样的形象，他的生命也只是空空荡荡的房间。那这篇文章的抓手到底在哪里？我们好像在令人目不暇接的修辞中忘了开头的句子：“星期六晌午，与家人分居的单身汉查尔斯叔叔决定去度假村看望在那里消暑的妻儿们，从城里出发步行约一个钟头就可以到达那个度假村。”“向门口走去”的查尔斯叔叔是要去度假村看望妻儿……让我们的阅读意识停留在这一点上，然后从这一点再发散开去，我们会发现，经历一番超现实之后，我们回到了度假村的现实中。

让我们好好记住小小说世界里的这两个叔叔，让我们从中理解好的小小说是从哪里来，它们要到哪里去。

内敛着激情　焕发出阳光

——读陆颖墨小说集《小岛》印象

我注意到，今年以来，全国除个别省份以外，许多省、自治区、直辖市在中考、高考模拟题中选用了《小岛》这部小说集里的《彼岸》《通道》《潮声》以及《金钢》的节选作为阅读理解篇目。海军题材的作品能如此广泛地被运用到中高考试题中，从一个角度反映了全民的海洋意识在提高。

“内敛着激情，蕴藏着感动，焕发出阳光。”——这是王蒙先生对陆颖墨海军题材精短小说创作的评价。我觉得再恰切不过，就用做了这篇文章的标题。“内敛着激情”，是小说集《小岛》的整体情感基调、叙述基调；而“焕发出阳光”则直抵作者的心灵状态、生命状态。在2019年，小说集《小岛》入选作家出版社十大好书。这部短篇小说集入选作品，代表陆颖墨目前为止文学创作的最高水平。《小岛》一书收入的28篇作品中，小小说占21篇。从某种意义上讲，小说集《小岛》是近阶段军旅小小说的重要收获，推动了军旅小小说的发展。小小说因其以少少许胜多多许的艺术特质，易读易传播，它是适合群众文学实践的文体，其兴盛发展的社会意义大于其文学意义，也就是冯骥才先生所说的“小小说是中国文学的事情”。如此说来，《小岛》一书的深入人心，也是文学幸事。

小说集《小岛》是军旅文学实践，同时也是海洋文学实践，它拓展了一种文学书写空间。《小岛》一书写我国新时期海军的家国情、官兵情、战友情、母子情、夫妻情等等。书中人物活动地域多集中在中国南海。海、中国南海、海军，小说集《小岛》中的这三个核心素材无一不刺激人们的阅读期待。首先，我们更多的文学作品是大陆文明的产物，海洋文学在我国从古到今都是比较稀罕的。其次，中国南海，对更大多数国人来讲充满神秘性。最后一点就是，海军是国际性兵种同时又是综合性兵种，这里面必定涉及海军知识储备，作者会如何呈现？《小岛》这部小说集绝大部分内容写的是海军这一特殊群体对海疆的守卫，但其前提是人类在海洋上生存的一种状况，那是完全不同于陆地生存的。比如《归航》里海军官兵与凶险莫测的土台风、滚地雷的搏斗，《小岛》一文里自然条件的严苛，尤其是《海骚》把大海的面目、把人类深入大海时的常态直接推送到读者面前……这些都给习惯于陆地生存的人们带来很不一样的阅读感受，进而会对蓝色文明的精神内在产生一种思索。小说集《小岛》对中国南海物候的描述据说深受中小学生喜爱，其实作为成年读者也很受吸引。在两个足球场大小的小岛上服役的军犬、追着军舰飞行的海鸥、晕船的老鼠、被台风瞬间削成“板寸”的椰子树等，都是别开生面的文学场景。作者丰足的海军知识储备，是小说集《小岛》成功的保障之一，硬核的知识储备被作者无缝嵌入文学描述，绝无生硬与隔阂，倒带给人阅读上的畅快之感，抬升文学质地。

小说集《小岛》写对祖国的深情，用笔坚定而沉稳，感情真挚却克制抒情。祖国、国土，在作者的心里，历经近四十年军旅生涯的发酵、升华，已成为他生命的一部分，是他心中的一股热流，是他生命的一个原点。和平时期，人们书写个体对祖国的感情时，有些作品有飘忽之感：我写得能否达到应有高度？是否高而空？是否热而假？这些犹疑，读者在阅读中多少都能感知出来，这会直接影响作品的感染力。陆颖墨写海军官兵对祖国的深情时那番克制与内敛，起到了很好的艺术效果，那就是能有冲击力地唤醒读者内心深处的爱国精神。《归航》，是我在 2017 年为《百花园》当年第 8 期约的头题作品，定位就是军旅题材、主旋律。当时陆颖墨的工作非常繁忙，直到二校，《归航》才发来。其间，我担心是“应景之制”。读罢，感到这是陆颖墨获第五届鲁迅文学奖之后的“回归之作”，内心很感激。稿子下印厂后的当天，陆颖墨又将作品屡修屡改，计 23 次。修改的过程，也是编作交流的过程。直到今天，我读《归航》中的那句“向着祖国，归航”时，心中依然会有一种既沉又热的感觉，那是作品引发的感动。《小岛》一文被编入教育部统编的语文教材，陆颖墨被称为“课文作家”。从此，《小岛》一文以一种经典的方式存在。《小岛》这篇小小说是几近完美的作品，文学与爱国，个体与祖国，礁盘与国土，官与兵，各种关系处理到位，宽宏情怀在细节中充实，细节在情怀中发光。我想象自己是五年级学生，或许多年以后我都会记得那雪白珊瑚上的红血，那绿油油的菜地构成的中国地图，那地图上升起的血红太阳，那将军的标准军礼。《潮声》写守防士兵与祖国心跳的关系，这个跨度是很难处理的，但《潮声》的完成度极高。完成度极高，体现在作品自然、从容的气质里，似乎作者根本不知道这个艺术处理上的难度，似乎这个作品的每一个细节、每一句对话都来自真实，作者只是把它照样复述了出来。《潮声》

写出了难写之处，颇见功力，似乎是一种不带文学动机的写作。若说成就《潮声》的是营构之功，我倒更愿意把它的成功解读为：作者对守防官兵具足诚意，他理解他们；作者与笔下人物心脉相连；作者的艺术创作与他现实的生活既不互相利用也不互相侵犯，而是圆融无碍。

将领爱兵，是古今中外的优质军事传统。小说集《小岛》里，着意写出“官爱兵”主题的文章有三篇：《小岛》《舱门》《潜浮》。三篇的共同点是都把这种爱引向最大化：《小岛》一文里的将军看到岛上的菜地，想到的是在所有守岛守礁部队推广种菜法子；《舱门》里的将军看到黄桃罐头，想到的是所有特殊守防地官兵的生理与心理健康；《潜浮》里的司令对一字之执着，也是源于对兵的深切之爱。三题相通的艺术手法是，作者让这种爱存在将军、司令的心里，引而不发。只有《舱门》里的将军道出心声，那是在被逼无奈的情形之下。通读小说集《小岛》，你会意识到，“爱兵如子”已成为作者日常思维方式的一部分。了解一位作家的短篇创作，最好的是要通读他的短篇小说集。只读其个别短篇，是不能很好地了解其创作思想与艺术概貌的。

小说集《小岛》里把军犬、战舰、导弹拟人化，赋予它们特殊的情感和生命意义，书写别样的战友情。而且读者能明显感受到，作者在写军犬、战舰、导弹这些“战友”时，用笔细，用情深。以《彼岸》为例，因守岛需要而超龄服役的军犬海虎，误伤它的“兄弟”训犬员王海生后，不吃不喝，等候海生；知情后的海生，偷跑出医院辗转回到龙凤岛。“兄弟”重逢，猛烈拥抱的那一刻，海虎停止呼吸。看文中第一句：“要说这龙凤岛上的居民，海虎是老资格了。”“龙凤”不可忽略了，龙凤呈祥，一个“祥”的意境，是作者送给海虎最深的祝福；再看标题：彼岸，寓意有乐无苦的境地，那是作者在心里为海虎安排的最终归宿；再看行文，“海虎一下子扑向海面，它优美地扭动着身子……”类似“优美”这样温柔抒情的词，在满纸阳刚之气的小说集《小岛》中仅此一处。《远航》中的舰长与战舰彼此融入对方的生命，命运感与使命感交织，沉雄之美与细腻之情相谐。《升腾》里的导弹兵和导弹心灵相依，写出了兵的寂寞之苦与内心的丰盈之善。若非爱得深沉，不会成就这般文字。正如作者自己所说：“《远航》，我本来想以宏大叙事开始，开头就这样写：‘西昌舰要开始它最后一次远航’，但感觉有点儿‘大’。后来就改成了‘西昌舰要走了，是最后一次’。我把叙述对象西昌舰当成了自己的战友。”

英雄主义、理想主义，在小说集《小岛》里自在、大方地舒展。近几十年来，物质世界对人类精神世界的碾压在该书中了无痕迹。英雄主义、理想主义在一篇篇文章中，坦然自若地展示着它们最初的光亮，甚至都看不到它们对物质、对欲望的抵抗，更没有它们在物欲面前的蜷缩，因为物欲在小说集《小岛》中就没有出现过。这真是近来一个奇特的阅读经历。有什么样的心灵就会有什么样的文学作品。在作者心里，军旅一途，就是英雄之地、理想之地，是奉献之地、纯洁之地，处处焕发出阳光，它就是圣地。

小说集《小岛》是作者近四十年军旅生涯的文学写真，它的故事原始模型结实，自带雄浑的力量，而它的叙事风格与这种力量感相称，简洁有力、克制内敛，这使整个小说集富足可贵的昂扬情绪。《小岛》一书追随英雄主义者、理想主义者心跳的速度，体验他们血液的热度。博尔赫斯对文学创作效果的期待是让人脉管里的血流加速，让人的胸膛挺起。小说集《小岛》做到了。

小小说里的作者身影

——从张晓林《洁癖》说起

在编辑小小说的过程中，通过几段文字认出某位作者，总是件愉快的事情。“这就是某某的风格”，这句话会随着流水般的阅读在我脑海中一闪而过，随即消融在接下来的文字里。时间久了，那“一闪而过”的终会拽着我的思绪停驻：那么一位作者的风格到底意味着什么？

看到张晓林“宋朝故事”系列小小说时，正是我编辑工作中的一个枯水期——不是没有好的作品，而是缺少有新鲜面孔的好作品。编辑在工作中的兴奋，其实就是靠新的作者、新的风格的作品来维系的。“宋朝故事”系列的主人公，属于那个朝代的主流精英阶层：苏东坡、王安石、司马光、米芾、黄庭坚……当然也少不了奸相蔡京。读这样的人物故事，我承认，我的阅读情绪会被人物的名字提前限定，这点被限制的情绪会在潜意识里提醒我对作品有更高的要求和期待，而张晓林的“宋朝故事”系列实现了我的期待。

《洁癖》写的是米芾的洁癖，米芾的生理洁癖和精神洁癖。侵损他生理洁癖的是官员杨皓，也是他后来入狱的推手。冒犯了他精神洁癖的是赵宋宗室的赵三言。而我觉得文中最是灵气飞升的地方在文末，一个狱卒如何严重地——直截了当且毫无迂回——破害了米芾生而为人的对洁的基本要求。可以说，叙述者找来的这三个人物，各自都非常出色地完成了任务。

“杨皓是黄庭坚的朋友”，这句话保证了杨皓和米芾是同一层面的人，米芾将会有机会得罪他，而他也有机会放倒米芾。这就是人物活动的背景。杨皓和米芾常在一起饮酒填词，切磋书艺。杨皓在内心给他自己的定位是一个洒脱的人，他不知道的是他其实是洒而无边、脱而无底。他在酒会上撩起了歌妓的长裙，脱下她的鞋，把酒杯放入：“这叫鞋杯，今天咱们喝个花酒。”他皮而不俏的话没说完，“米芾的脸就黑透了，他抬起脚，‘哗啦——’把酒桌踢翻在地”。我喜欢“黑透了”这三个字，就像我讨厌自己对某些事物敷衍的笑脸。这是一个浓彩的开篇，很过瘾的。

接下来出场的是赵三言，前面说过，他冒犯了米芾的精神洁癖。为了配合“精神”所需要的氛围，文字在浓彩后转为淡雅，开始漫说米芾品茶的心得，其实我觉得那是叙述者的心得。叙述者说米芾更喜欢一个人独饮，那时窗外的细雨抑或大雪，“都仿佛离自己很遥远了”。随之由破折号引出了九个字“这个中滋味，不可言传”——这显然是叙述者抑制不住的积极参与，而且也是在给阅读者明确交代他和他笔下主人公神交甚厚。有必要说明的是，张晓林是一文人，也是一墨客。

米芾携着新得的蔡襄的小龙团去拜访新结识的朋友赵三言，因为赵三言的横笛吹得了无尘俗（却没有了却）。那是个月白风清的夜晚，米芾一定是想和赵三言一起在风中感受风，在茶中感受禅。

我们知道，到了宋代，饮茶已不再仅仅是诗意的消遣，人们在对茶的选择过程中，在品茶的过程中，甚至在选择茶友的过程中，无不实现着自己的精神愿望。还记得那个举止不端的皇帝宋徽宗吧,那个艺术上的天才所推崇的白茶（淡者）和“无芒”的瓷，表明着宋代的审美是唯美主义的，是文人气的，是幽微处的暗自骄傲。米芾是这样时代中的一个人，所以他让自己成为艺术品，在他的五蕴里都渗透进艺术的因子就有了现实的可能。所以他容不下赵三言品茶时连呼“好茶”，那太刺耳。他更容不下赵喝茶时的啧啧有声：“没想到你这个人这么俗！”月亮嗒然若失，风依然无辜地清凉，而米芾却找上门去实实在在地得罪了赵三言。

至此，米芾生理上的洁与精神上的洁都已明确无误地传达给了读者。潺湲回旋之后，情节开始跌宕，并最终异峰突起。

有人拿了戴嵩的《斗牛图》，请米芾鉴别，米芾看了说需要细细地揣摩。文中写了送画人的犹豫：留，还是不留？终于还是留下了。但文中没有写米芾的犹豫：昧，还是不昧？第二天，那人来取画时，叙述者让米芾直截了当地说了句：“画是假的。”叙述者没有解释。对这一点，我想阅读者可以会心一笑。《斗牛图》那样的神品进了米芾的眼里，是不可能再从心里拔出来的，作者觉得这是没必要解释的事情。这个状况下的叙述者和米芾很是心气相通的。可以想象，送画者最后拿走的《斗牛图》，怎样地耗费了米芾夜晚的漫长时光。这也进一步暗示，米芾要昧下这神品，是没有犹豫的，否则他没时间去摩画。这个段落当然是下面高潮的引子，但更是对以上文字曼妙而圆满的回应：他在杨皓、赵三言那里收得的失落，在《斗牛图》里得到了安慰。我不是说昧画有理，我是说米芾昧画有理。在这个问题上，邀请皇皇的《追忆似水年华》伸出援手，将实现有力的例证：“在这末一卷里，他（普鲁斯特）的感觉所受到的一连串震动和他的种种回忆融合成一种高度的悟性，因而他成功地 —— 再说一遍 —— 了解到在他的经历中，艺术的重要意义，并能够着手写作这部伟大的记录:《追忆似水年华》。”艺术，对作为艺术品的米芾来说，其意义不言而喻。或者他昧下《斗牛图》也是他精神洁癖的一个延伸 —— 他只能和这样的艺术品待在一起,这样的艺术品只适合和他待在一起。

拿画的人很狐疑，把米芾告到了御史台。主抓案子的正是杨皓。我想象中，杨皓当时基本没用脑子想，他只是瞪眼看着面前的原告就能确定：米芾输了。杨皓虽然俗到骨子里，但他肯定是个聪明人。一个聪明的俗人会更多地惦记谁琢磨谁？那一定是得罪过他的人。

米芾没有悬念地入狱了。

和米芾打交道最多的人变成了狱卒。

狱卒来给他送饭，米芾告诉他:“再送饭请把饭碗举过头顶。”

狱卒觉得这个犯人很有意思。

狱卒也是个人来疯，下次送饭，他把饭碗举得高高的，嘴里唱着戏文，旋风般地来去。—— 他当成一种乐趣了。

有一天，狱卒偶与人谈及此事，那个人知道米芾的底细，笑笑说:“没有别的,这个人爱干净,他怕你嘴里的浊气呼到饭上去。”

狱卒听了，半天没有言语，只有牙齿在嘴巴里咯嘣咯嘣响。

晚上送饭，狱卒见米芾还在梦乡，就拾起两三根稻草，窝了窝，去旁边的溺器中蘸了一下，捞出，狠狠地在饭碗里搅拌起来。

米芾睡醒了，觉得肚子饿得厉害。

他看见了狱门的饭碗。他走过去。他端起了饭碗。

少年时读张爱玲,《鸿鸾禧》里写到了一个“小白脸上永远是滑笏的微笑，非常之耐烦”的裁缝:“一个直条条的水仙花一般通灵的孩子，长大之后是怎样的一个人才，委实难于想象。”多年后，我记起这篇文章时，面目最清楚的就是这个小裁缝。这缘于我当时的惊讶，此前我不记得有谁这样关照一个主人公生活之外的小人物。这不仅让她笔下偌多女子生活的背景活泛了起来，而且后来屡次让我从身边匆匆而过的陌生人的神情里想到这个裁缝，进而张望到张爱玲这个天分极高的女子在和外界接触时内心的瞬间涟漪。最重要的，这个小裁缝在我的心里把张爱玲强化成了张爱玲。就像是梦里到了曾经梦到过的地方，在狄更斯的《荒凉山庄》里，我又读到了这样的文字:“这个人收下了两个便士，没露出一点心花怒放的样子，只是把钱往空中一扔，又手心朝下一把抓住，走了。”这个过场的小人物走了，“手心朝下”留在了阅读者的记忆力。

《洁癖》里狱卒的形象,把不可触摸的梦境带到了我的手心里，我可以在这篇文章的后面写上编辑意见，然后提稿。——这个狱卒,在某种程度上,超过了张爱玲的裁缝,超过了狄更斯的牵马人。

这个狱卒，让我认识了市井，“市井也可以深如海”是我在这段文字边的旁注。狱卒原是高兴的，“旋风般地来去”说明他在他的生活里是个非常正常的人，有活力，也有在工作中发现乐趣实现乐趣的能力。其实这样蛮好的，他成全了自己的乐，成全了米芾的洁。就因着一句话，瞬间，他就可以那般阴毒。一个心理畸形的人的阴毒不让人恐怖，因为那叫案例。可存在于正常人心里的阴毒，就会让人不寒而栗。为了自尊，还是底层生活里累积的被剥夺感的强力反弹？那狱卒咬着牙在想什么？在想:

我已经被剥夺了这么多，但凡我有反击的资源，我一定用到极致。——或许他什么也没想，就那么做了，是由生活状态引发的自然行为。这种行为最是根柢深固，无从拔起。他让我想到了《水浒传》里的郓哥和郓哥那一篮水果引发的血案。

“他看见了狱门的饭碗。他走过去。他端起了饭碗。”

这是三个可以独立成段的句子，每一个字都带着浑重的回音。为了米芾的“洁”，我阅读的时候心里一直闪着不安，像是风吹蝴蝶，像是行走中端着摇摇晃晃的注满水的杯子……而就在结尾，在结尾的这一刻，不安终于沉而痛地落地。读者会闭上眼，在意识里别转头去，不忍卒读：世间真的是容不下“洁”。

对“洁”的境界的追求，是汉人一个重要的传统。“对本性孤洁的人，你所能想到的是他必须忍受孤独和寂寞，并且绝不妥协。”但张晓林先生就像轻功了得的高手一样，飞越了这些。他让米芾直接接受羞辱，并永不给他“绝不妥协”的机会。这是作者的厉害之处，手艺精湛之处。这样的手法，在温婉的节奏后，在文雅的调子后出现，让文章透出了一种静虑深密的哲学意味，挥之不去。这些都在塑造着张晓林的风格。

其实在这篇不足1500字的《洁癖》里，体现出的张晓林最突出的风格是他在控制文章节奏的同时，也在准确表达他对节奏本身的审美。文章前半部分的节奏：紧张（杨皓出场）——平缓（赵三言出场）——紧张（《斗牛图》出场）。这样的节奏是婉转的顺畅的，它的奇特在后半部分，紧张后异峰突起，和前面有规律的节奏相比，是变调。他以平静到冷酷的笔触写出了最后喷薄之势。我想说的是，在他的婉转和突兀之间，有一种奇特的和谐是叙述者所追求的：婉转调解了突兀，突兀为婉转增加复调，就像山间的怪石和流水的相处。这种节奏的感觉在篇幅短小的小小说作品里是不多见的。这样的节奏感让我想起张晓林的瞬息表情。他显然是娴熟于酒宴上的交际的，温和得体。只是偶尔在话锋扫及时弊或语关他的理想时，他的左嘴角会明确地向后撇出一道弧线，带出一种强调意志的意味，一种稠人广坐中的桀骜。此外，张晓林让人物的每幕出场都带着他们特有的个性，一个动作，或一句话，绝不累赘，只求塑造到位，这显出叙述者和他笔下人物的不隔。而且他和他心仪的主人公之间心神合一，气脉相通。——其实这些风格，愈加凸显一个道理：一位作家作品的风格，其实就是作家本身，是他本人的气质与素养的综合体现，无处遁形也不能无中生有。

小小说快递现实生活

——从《一点整》说起

初次接触《一点整》是在12年以前。那是3G时代，网上购物刚刚走入人们的生活。但有很长一段时间，我没有进行过网上购物的操作。快生活，在我这里，晚来了几年，这导致我读这篇文章时有些困惑。“G发动了车子。他是给人送快递的。”——这是开篇的第一句，这句提领全篇的话，当时的我读来，丝毫不受触动。

这是一个我作为阅读者比作者的生活经验慢半拍的典型例子。这次小小说的阅读经验，引发我关注一个问题：阅读者如果完全不了解作品里的经验，那么，在阅读与作品经验之间的空白地带如何填充？那个地带会发生什么事情？在编辑工作中，我如果发现有些作品会制造这种空白地带，我该如何引导读者？

我当时读《一点整》，完全从其创作的手艺入手。

从事小小说编辑十余年，发现小小说这一文体，因篇幅短小，作者在创作中会更在意其手艺。阅读小小说时，经常能瞥见作者凝神静气地施展手艺的瞬间。当这些瞬间来临，白纸上的黑字就会熠熠生辉，面孔鲜亮，无论多么短小的文章，它的气韵里都有了魅惑人的生动。

李小林编译的《一点整》里，送快递的G，在他的梦中送货时被弹雨逼迫；第二天，G在送快递中被收货人枪杀。这是一篇我看了一遍之后，无所收获的小小说。

全文九个自然段，八百四十余字。前四个自然段写的是黑夜、黑夜中G的梦境：发货的客户要求他十分钟之内送一个包裹到目的地，“汽车的时速由50很快就升到了200”，背后却有两辆车超上来，向他射出密集的弹雨。G把车撞向安全护栏，惊醒。然后是一个简短却重要的过渡段——第二天，G感觉不好。他喝咖啡。他接到客户送快递的电话。他祈祷。他发动了车子。

客户“一个人小心翼翼地将箱子抱起来，放到G的车里”。

G一路谨慎观察着后视镜到了目的地。

等候的客户已经不耐烦了，其中的一个劈手夺过箱子撕开，是空的。“你他妈的还敢耍我。”气急败坏的客户扬手枪杀了G，没给他任何辩解的时间。

这是一篇乍一看让我心生怯意的文章，梦境和现实，它们之间的逻辑何在？看不出这里面的逻辑，我只是读到了一个似是而非的故事而已。但我知道，它绝不是要给我讲一个故事，若是讲一个故事，文章的肌肉不会如此绷紧，作者也不会如此屏气敛神，出招儿如武林高手那般简洁锋利。

好在，阅读可以重来。

还是从标题上突破：一点整，在文中出现两次。G从噩梦中醒来，“时间正好是夜里一点整”；G被枪杀，“时间正好是下午一点整”。——黑夜与白昼，梦境与现实，它们互为颠倒还是互为印证？梦境的恐惧与现实的厄运，它们又有怎样的因果关系？同时，时间分割黑夜与白昼，虚空（或曰消亡）收纳梦境与现实，于是，黑白夜昼重合于一点，梦境与现实相融而不可离分。可是打住，这完全是东方式的解读。

初读《一点整》那个时候，我个人的生活还不像今天这样倚重快递公司。从牛奶到书籍，从打蛋器到衣饰，我都得从网上订购，然后直着脖子等待快递员的电话通知。这样的“快”生活让我对G有了切肤的认识，他是由我们要求快生活的心催生出来的，他的心神不定、恐惧不安、备受逼迫，就是我们自己的经历。我们经历着这些，又去加倍地制造这些。G在梦里被发货者催逼，在现实中被急不可耐的收货方枪杀。G是被诅咒的快生活的传递者。

作者又是怎么来反思这种快生活的呢？且看一个细节，就会懂得作者的匠心独运。“那个客户不让他帮忙，一个人小心翼翼地将箱子抱起来，放到G的车里”，到了收货人那里，“里面竟然是空的”。——我们如此看重的当下的物质生活，是多么空虚无聊！ G的下场，可看作是作者对这种生活的态度吧。而且作者在G的梦中还不忘提醒“安全护栏”，这种空虚的快递式的物质生活的安全护栏。

还有，为什么是“一点整”，而非别的点数？数过二十四个点数，唯有“一”是凝练不可分割的，是止于静思的。这种对形式的解读依然是东方的。在西方的解读意境里，它让人更容易想到竞赛起跑线上的枪声：“三二一，开始！”形式与内容在这里合而为一，双双安稳落地。

如今再来看《一点整》，一个明晰的感觉是，小小说在反映现实生活方面，独具优势，像这篇《一点整》，真的就是快、稳、准、狠。

小小说对社会精神图景的描画

——《遗嘱》里的“×”及其他

郝新颖编译的《遗嘱》里的写作手艺，是重檐歇山式的，考验着阅读者的耐心。短小的小小说《遗嘱》落地的效果，回响沉重，它很成功地为读者描画了一幅社会精神图景。它也让读者感受到了小小说这一文体对社会问题的承当，看到了小小说这一文体文学力量之外的社会能量。

来看《遗嘱》。

饥寒无依的小男孩约瑟夫，在大街上被垂危的老杰克逊太太喊住，让他帮忙写下遗嘱。约瑟夫不会写字，而且他太饿了。老杰克逊太太口授遗嘱的时候，他只满心满眼地看着窗外可口可乐的巨幅广告牌。老太太的遗嘱上只写满了“可口可乐，请喝可口可乐”！杰克逊太太拿起铅笔在遗嘱下边画一个“×”作为签名。

这是一篇带给我奇特感受的作品。这是一篇内在结构和终极题旨都呈现“×”形的作品。

“小男孩哼唱着悲伤的歌曲……”文章是这样拉开的序幕。小男孩约瑟夫“小心翼翼地走在没有裂缝的干净地方”。——作者是在告诉我们，这个小男孩的身体在本能地寻找一种安全感。我们可以想象得出，约瑟夫饥寒交迫。写到这里，我突然有一种感觉，译文里是不是少译了什么 —— 约瑟夫应该是光脚吧？后文里“冰凉的石板路”，也是光脚才感受得到的。

这时，一个“快要死”的老人喊住了他。

我曾做过临终关怀。坐在一位94岁老人的床边，我忍不住流下泪来：人，原来可以老成这样！生而为人，尽其一生所奏响的，原来是这么忧伤的一支曲子。接受，是最大的绝望。而你如果看到老人接受后的期冀，看到老人最后伸出的手，你会知道什么是真正的无助，什么是真正的需要。

玛丽·杰克逊太太站在死亡的边缘，喊住了约瑟夫。天真的我以为，两个孤单无助的人相遇，一定会在相互给予和关爱中彼此成全。我大大低估了作者。想想也是，如果一个照面就让他们相互关照彼此成全，确实是一个甜腻庸俗的路子。而且作者也不是没给出暗示，“小孩儿迈上去老妇人家那条冰凉的石板路”。对，“冰凉的石板路”就是作者的暗示。在冰凉的石板路的尽头——杰克逊太太的家里，作者只是让杰克逊太太和约瑟夫在时空上有了一个交叉点，然后他们按照各自的需求出发，去了不同的方向，越走越远，永不重合。这是文章内在结构上呈现出的“×”形。

而那个出现在遗嘱——生命终结的符号——上的“×”，是作者在警世一样地告知我们：人与人之间的冷漠、互不关心是错的。但仅止于此吗？

仓央嘉措说过，世间事，除了生死，都是小事。那是出世人的言说。凡夫俗子，生而不能做主，死而无暇安排，总是在“小事”上凌乱地翻腾。生得仓促、迫切，无法从容地顾及死；死得昏昧、慌乱，无从安详地回照于生。生与死双双得不到体面。像杰克逊太太，临终前只是从大街上喊来一个陌生的男孩嘱托身后大事。这在人生的答卷上是要被画“×”的。

注意下面几个细节，会更好地理解作品。

约瑟夫向往广告牌上的饮料——可口可乐。现实中，他看到的是老妇人眼里、嘴里流出的让他恶心的泪水和口水。

“我想把银别针留给女儿，她戴着肯定很漂亮。”这是文中唯一诗意的句子，很动人。它把人们看待垂危老人的视野拉深拉宽，让人想起她曾经的青春，银别针别在她胸前的美好模样。这枚银别针让我们看到两幅景象：一、在生命的背景之下，我们看到了母女间的形气转续，变化而嬗；二、在生活的场面之中，我们看到了母女间的疏离。

可口可乐的标识是摄贯全篇的意象。CocaCola在文中被一再强调，终于在我眼里，它被强调成可触摸的液体，像泪滴落入水杯。但它被翻译成汉字“可口可乐”，就没有了液体的效果。但我们可以想象，想象那些被翻译覆盖的东西。当然，如果把这个标识视为商业符号，进而把文章解读为商业社会对人情的冲击，也对路。

《圣经》在文中出现了四次，它提醒我注意到了人物的名字：约瑟夫、玛丽。它让我想起耶稣的养父和生母的名字。

文章的结尾，像电影的收梢一样有力：《圣经》中的那张遗嘱在风中来回翻动。接着，片尾曲响起，歌词大意是：爱你身边的人，如同爱你自己。

还值得注意的是，作者在叙述时，自始至终冷峻的神情，这和文章的基调很相契。

在小小说里领略一部长篇小说的风貌

——《猫城》里的亮片

我最初读《猫城》，是在《小小说选刊》上。我原以为这是一篇独立的小小说。后来和译者施小炜先生联系，才知道《猫城》来自村上春树的长篇小说《1Q84》。《1Q84》分为三卷，竟达 91 万余字。

身为读者，我们都知道，到了一定的年龄，阅读长篇小说，对大多数读者来讲，会成为一个体力活儿，让我们望而却步的同时，心生懊恼和焦虑，那种不能深入一部长篇的焦虑。对我个人来讲，我可能不会细读《1Q84》了，虽然它的作者是村上春树，虽然它获过 2009 年日本“年度最畅销图书”第一名。有人说:“欲了解村上春树、了解日本、了解生命，此书不可不读。”所有的高明宣传，都是在贩卖焦虑。这句话会引我焦虑，但幸运的是，我遇到了《猫城》。

《1Q84》引发的阅读焦虑，会在《猫城》里得到一定的平复。

施小炜先生翻译的村上春树的《猫城》，有一千五百余字。它让我意识到，有时候由一篇小小说走进一位大家的精神世界和作品，是便宜的。

背包游历的青年，到了奇幻的猫城，却再也回不到原来的世界了，他丧失了自己。虚无的调子，悬置的格局，和人们在青春期容易撞上的《挪威的森林》血脉相承。

村上春树的作品中多有猫，人们也都知道村上春树和他笔下的猫有着怎样的关系。

村上春树说过："想来这十五年间，家里一只猫也没有的时期只有两个来月。"

他还说过："我这八年来从无定所，几乎是漂泊海外，因而不能静心养自家的猫。只好时常逗逗近处的猫，聊以满足对猫的如饥似渴。"

见他说过这样的话，待看到文中称说"这里其实是一座猫儿的小城"时，人们会会心一笑：猫儿、小城——叙述者内心真实的感情瞬间流露。

第三天夜里，黄昏降临，出来活动的猫们发觉了人的气味。

> "你不觉得好像有人的气味吗？"一只猫儿说。
>
> "这么一说，我真觉得这几天有一股怪味。"有猫儿抽动着鼻头赞同。
>
> "其实俺也感觉到啦。"又是谁附和着。

——"俺"，土语，和上一句中的"我"相对。附和者，群体中相对弱者。土语，让一个相对弱者来说，就像对仗精当的上下联。在如此细微处，都要这般活灵活现，熨帖到位，再一次证明，猫，几乎时时刻刻就在村上春树的心里。

可是猫城的猫，却看不见躲在钟楼里的青年。钟楼，一个最能诠释狭窄与敏感的地方。猫闻到了人味，步步紧逼，与村上春树化身的青年鼻尖碰着鼻尖，却看不见他。猫们因为人味极度兴奋，怒火中烧。看到这儿，我笑了。我似乎一不小心看见了村上春树生活中的某些瞬间。他在生活中和猫有着那么紧密的关系，但那毕竟是猫，不是人，或曰，他村上春树毕竟是人，而不是猫。人猫两界，他们都无法跨越。想象对一个人喜爱到极致却不能走近时，那会是怎样极度兴奋，且怒火中烧。村上春树在写猫，也在写生活在猫身边的自己。“而且这座小镇是个人类不可涉足的场所”，再次表达了村上春树对无法完全融入猫的世界的无限失意。

在猫找人的过程中，“青年也听见了它们那柔软的爪子爬上台阶、步步逼近的声音”。村上春树的写法一度吸引人模仿。模仿是最深的爱慕，犹如瓷器之于玉。

猫的脚步是无声息的，村上春树转而写它们“柔软的爪子”，柔软的爪子带来可触摸感的同时，也带来毫不失真的听觉效果，很妙。而且这句话，让我惦记起一个百读不厌的诗句：“雾来了，踮着猫的脚步。”

好了，放开这些小细节，看看他构建全局的手艺。

“那位青年背着一只包，独自游历山水。”

开篇，那青年就是在游历。是游历，不是观光。观光，动用的是眼睛的机能；游历，是精神的参与。而且青年的这番游历，在开始没有设计，在结尾是有去无回。

“他明白他丧失了自己。他终于醒悟了：这里根本不是什么猫城。这里是他注定该消失的地方，是为他准备的、不在这个世界上的地方。并且，火车永远不会再在这个小站停车，把他带回原来的世界了。”

他丧失了什么？他丧失了被现实世界所拘囿的自己，丧失的同时，他拥有了精神上所向往的绝对自由。这种丧失，是对易于让我们沉陷其中的现实境地的一种有礼貌的拒绝。看看这篇文章的点睛之笔在哪里：

“它们在小酒馆里喝啤酒，唱着快活的猫歌。”

你把“它们”换成“青年”，再想想猫和村上春树的关系，就什么都明白了。

这种手艺，很东方。

《猫城》带我们进入《1Q84》的重要隐喻地带，它也让我们多少领略了《1Q84》的风貌。

《猫城》是《1Q84》的重要片段，很多读者会通过解读“猫城”的用意而进入“1Q84”时空。

一个细节引发的小小说思维

一个娇小、精干的侄女，腰勒得细细的，鼻子尖尖的，好比寒气逼人的秋夜，夜越深霜冻越厉害。

——这是一句话，这是查尔斯·狄更斯《荒凉山庄》中的一句话。

《荒凉山庄》，很多年以来，我都熟悉这个书名，熟悉的程度就像我已经阅读过它一样。事实上，不是。我的书架上也没有它。这书名一直都像个很耐读的诗句一样，伴随着狄更斯这个名字的强大气场时不时地出现在我的脑海里。而且，就在此时，我打算一劳永逸地承认一件事：读像《荒凉山庄》这样的长篇小说，对我来讲，已经是个重体力活儿，我不打算读了。

那不仅仅是体力的事，到了足够成熟的年纪，我有点怕读小说了：那些细节、那些物事背后的暗示，在我合上书之后，再也不肯像我年轻时那样，轻易离开我。那些暗示比现实的生活更有力地缠绕着我。就像这个季节阳台上的牵牛花一样，见什么就缠绕上什么——它旁边的观音竹，观音竹上方的晾衣架，晾衣架上的衣撑。那些小说里的情节、暗示，有时会像阳光下的阴影一样悄无声息地突然降临到我日常的行动中，让我举止失措。

我这么说，是想告诉你，我关于这个句子的一些说法，和《荒凉山庄》毫无关系。这个句子，是我无意中撞到的。就像一个人，他置身于茫茫荡荡的草原，明知自己已无力游荡整个草原，他会选择随时在某块草地上坐下，这时他散漫的眼神会于无意中捕捉到一片草叶，他会一直盯着这片草叶看，他会看出草叶正面的纹脉，这些纹脉和草原毫无关系，但会缓解他无力游荡整个草原的焦灼之感。

这么个比喻句，我读来，真的就是一篇小小说，一篇引我齿颊生香的小小说。“一个娇小、精干的侄女”，就这九个字就出彩了。娇小的人儿，就不该精干。娇小的人儿若是精干了，那一定是命运里有了令人不安的因子。那令人不安的因子，会像水银珠一样在她的头顶、在她的体内盘旋不去。而且，又是“侄女”。侄女意味着什么？一个家庭里的外人。这就有故事了。——一个家庭里的外人，对家庭的事务，会有更多的参与欲望，因为她知道她不是家里人。她在人前，会有更多的掩饰；她在人后，会有更频繁的窥视。她参与起家庭事务来，会敏感，会诡谲。一个家庭，会因为她的存在而发生一些不太容易被预知的改变。“腰勒得细细的”——我需要慢慢来说明这句话带给我的生理感受。生活在狄更斯时代的女子，她们勒得细细的腰之上，是初春一样的胸；勒得细细的腰往下，是盛夏一样的裙摆。——这是影像资料传授给我的，印象之深之美，犹如剪影。面对这个句子，我顺着印象的河熟极而流地去想象，可那初春一样的胸被“精干”坏了韵致，盛夏一样的裙摆被尖尖的鼻子弄得支离破碎。“侄女”的腰被勒得细细的，我想象的脖子被掐得紧紧的，我被掐得直翻白眼，我翻着白眼还直咳嗽。那细细的腰，本该是流淌于春夏之间的小溪，终于被我咳成了结着薄冰的近于干枯的河底。后面的比喻文字顺着结着薄冰的近于干枯的河底去想，也就水到渠成了：鼻子越到头越尖；秋天里，夜越深越冷；精干的侄女，被岁月推着走，越走心里越是冰凉、刻薄。终于，寒气凝结成了霜冻，娇小的侄女也最终把她自己定型为一个尖刻、薄情的小老太太。这一套想象的路数，也是熟极而流的。之所以称“熟”，敢情是成长的过程中，手边难免会碰上一两本《麻衣相法》之类的书。那书里，对“尖尖的鼻子”的解读，和这句话里对人物的描述很有些声气相投的意思。

——带着想象去读，这句话真可以被读成一篇不错的小小说。

小小说与短视频脚本

业界都在说，小小说因其短小，因其结构处理上的精准狠，与当下新媒体传播的内在气质很契合，会是新媒体的下一个爆点。任何传播，都需要内容，正所谓内容为王。

走文艺路线的短视频也是需要文学脚本的，小小说作品中就有不少近乎短视频脚本的佳作。比如，俄罗斯小小说。俄罗斯的长篇小说给人的印象总是恢宏、深刻、严肃；好像是为了完成某种文学生态上的平衡，俄罗斯的小小说多幽默，而且是高级幽默。我想象中，寒冬漫长的俄罗斯，一个人对着一炉子火，再摆上一瓶伏特加，就开始了脑海中的对白……是的，是对白，不是对话。对白靠近的是文学艺术，对话是贴着生活日常在进行。而对白，引导视频场景的进展。李冬梅翻译的俄罗斯小小说《咖啡》是一个很好的例子，《咖啡》的原作者是亚历山大·布留哈诺夫。

《咖啡》有一个结实的原始模型故事：男经理要解雇一个女职员。说它结实，是因为这样的故事在世界各地都在上演，这是一个虽非人人都要经历，但绝对是一个人人都能理解的一种职场体验，或曰人生体验。骨架有了，而且又是这么一目了然的骨架。文本该怎么办呢？让它有血有肉，又要不一般，要独一无二。所有真实的独一无二背后，其实靠的都是文化上的异彩纷呈。好吧，来让我们看看俄罗斯特有的调性如何演绎这个原始模型故事。

小小说的第一段，稍加修改即是镜头1.1，顶多加上背景：日内。

视频编剧要面对的是这一句话：“经理问了奥列奇卡一些琐事。”文中没有说什么琐事，反正是大家都明白的，但编剧要把琐事具体化。还有，编剧不可忽视这一句：“经理虽然还很年轻，但是已经很有管理经验了。”事实上，到了文章结尾处，我们明白，经理的“管理经验”在处理这件事情上毫无用处，甚至适得其反。也就是说，导演要在镜头中映射出一种微微反讽的调子。

1.1 办公楼走廊　日内

走廊尽头，年轻女职员奥列奇卡的背影。年轻的公司经理朝奥列奇卡走去。

经理　奥列奇卡。

奥列奇卡（转身）　经理，找我吗?

经理　啊，没什么。您乘什么交通工具上班呀?

奥列奇卡　公交车。

经理　住在哪个区啊?

奥列奇卡　伏龙芝区。

经理　在圣彼得堡，这个区的名字最好听了。

奥列奇卡（有些喜悦）　您也这么认为啊?

经理　是啊。事实上，我是想请您下班后喝杯咖啡。

奥列奇卡（吃惊地瞪大了眼睛）

经理（看着她的眼睛） 您不反对的话，就这么定吧。

一只蜜蜂或者别的什么飞虫围着他们两个上下左右地飞。

——飞虫这个细节原文没有，但视频中是需要的，因为接下来奥列奇卡面对着经理就开始了极为丰富的内心戏，虫子飞着是在为她的内心戏搭台，也暗喻她的念头丛飞。

下面的段落是俄罗斯小小说的拿手好戏：人物内心独白。但是在短视频里，我们不能让人物一直进行内心独白，那观众什么也了解不了。内心独白的处理，在一个短视频里似乎也不用太花哨的手段。我们来选择内心独白的处理手法：一、让人物倾诉于职场密友，或者打电话给闺密，甚至……还是倾诉给职场密友吧，可以把矛盾性的独白分给另一个角色承担。二、可以让奥列奇卡一人分坐于办公桌两边，用镜头的跳转来呈现人物的内心戏码：一个奥列奇卡着淡灰色职业装，代表她内心消极的一面；一个奥列奇卡着淡粉色套装，代表她内心理解的一面。

我们来讨论这两种方案。第一种方案会使镜头画面更活泼，但它破坏了一个人物内心纠结的统一性。从文艺气息上考虑，我会选择第二种方案。

《咖啡》中这段独白的第一句就很漂亮，是俄罗斯姑娘特有的开场白。

2.1 办公室 日内

淡灰奥列奇卡 不知他这是在暗示什么，真不要脸！

淡粉奥列奇卡 也许人家不是在暗示什么，只是想去喝杯咖啡。他是不是很长时间没喝咖啡了？

淡灰奥列奇卡　为什么要和我一起去？不，我可不是那种人……

淡粉奥列奇卡　那种人又是哪种人？

淡灰奥列奇卡　也许我应该拒绝……第一次就拒绝。

奥列奇卡接下来一连串的念头，放置于亚非欧美都是行得通的："拒绝他，扣我奖金怎么办？开除我怎么办？答应他，坏了名声怎么办？"

她连喝咖啡时付钱的问题都想到了，想得可谓十分透彻："如果他付，就意味着我让步了；如果我付，那还是别去了，我的钱本来就不够花。"

——回忆我第一次看这篇小小说，看到这里，我都忍不住笑出声了。

她还设想了如果喝过咖啡经理送她回家，她该如何拒绝经理的非分之想。她的拒绝方案说实话看起来有点虚头巴脑，可见她没什么信心——她要说："对不起，我得走了，我的瓦西卡还饿着呢。"她有点得意地想：然后让他自己琢磨去吧，瓦西卡是猫还是我丈夫。

想到这里，可怜的奥列奇卡觉得自己已经可以掌控这件事，于是镜头切换回现实，重新回到走廊。

1.2　走廊　日内

奥列奇卡和经理还以1.1的姿势面对面站立着。

飞虫绕着奥列奇卡在飞，奥列奇卡抬起右手挥赶飞虫，飞虫又飞到了经理的面门上（这个镜头语言是说，该轮到经理烦心了）。经理开始挥手赶飞虫。

好吧，就让飞虫继续在那里飞一会儿吧。

小小说中的神来之笔出现了，这个神来之笔，在小说中就是质地优良的镜头——

奥列奇卡张开双唇密谋似的小声说："我答应您了！您晚上九点来吧。"

经理的管理经验土崩瓦解。经理知道他被误会了。他本是想在喝咖啡时极其委婉地告诉她，请她另谋高就。他本善良，他还考虑着怎么帮她找到另一份工作。

这样一则短视频拍出来的意义何在呢？短剧中的人物，一个天性本分的女工、一个天性善良的经理，也会在精神上让我们收获满足。我们更重要的满足来自我们在远方的奥列奇卡和经理的身上，看到了我们自己。

我在这里以《咖啡》为例所做的镜头想象，想要给大家说明的是小小说从体量和内在气质上与短视频的天然亲和力。

适合作为短视频脚本的小小说，不在少数。这里再略举几篇文章。斯蒂芬·利科克的《我的银行存款》，由郝新颖翻译，它是那种可以在人心里生出根芽来的小小说。一篇小小说能在阅读者心里生出根芽，说明里面的人物情感、境遇深深打动了你，甚至人物的境遇就是自己的境遇。当我们遇到某种情况时，文章里的人物总会跳出来，和你暗暗握个手。然后，你的尴尬甚至悲苦，因有这么个文学人物的存在而得到一定程度的化解，你从这个文学人物那里得到了安慰和同情，你在现实中，会凭空多出几分从容。这就是文学在现实人生中的秘密作用。这样的文学作品，最适合改编成影视作品来虏获人心。

《我的银行存款》，一个人手捏自己的全部存款56美元，走进了银行。他害怕，害怕银行里的职员，害怕那些桌子，甚至害怕那些钱。由于害怕，他闹出了一系列的尴尬：他要单独见经理，被误认为是深藏不露的巨富。关键是他总能意识到自己错了，意识到之后由于紧张，他会再错。他单独见了经理，开了账户，把56美元全存了。然后他发现自己身上一分钱都没了，又慌里慌张地要取出6美元，可他填错了支票，写成了56美元。为了自己在银行里最后的尊严，当银行的职员问他"怎么的？你又全部取了出去？"时，他的回答是："是的，全部取出，一分不留。"受了这番惊吓的他，在掀翻屋顶的嘲笑声中走出了银行。——"从那以后我再也没有踏过银行的门槛，我的零钱就放在口袋里，攒下的美元放在短袜里。"

这样的脚本改编出的短视频，适合卓别林的表演风格。

另外，诺拉·埃夫龙的《我们见过吗》、格利高里·戈林著的《良好教养》等也都是适合改编为短视频的绝佳之作。大家有兴趣的话，都可以找来看看。

从小小说出海看国际版权输出

近年来，国内出版人都在思考一个问题：如何实现文化“走出去”？更具体地讲就是，如何实现版权输出？我国有非常优质的文化资源，可是长期以来，我国版权输出与引进的比例相差较大。国家为“文化走出去”提供战略支持，新的国际环境也要求出版人站在文化输出的前沿。在此形势下，出版人从提高国家软实力、保护国家文化安全角度出发，立足于本专业，思考如何更好更快地实现版权输出。在版权输出过程中，小小说的“走出去”现状值得研究。

具有输出优势

近四十年来，随着小小说文体的逐步规范与发展，小小说作家群日益壮大，在国际文化交流中日趋活跃。目前，小小说的版权输出几乎没有国家行为，多由作家个人与海外出版公司直接联系，输出的小小说文集以多人合集为主，个人专集较少见。在这个过程中，东南亚的华文小小说创作引人关注。新加坡、马来西亚、菲律宾、印度尼西亚等国的华文小小说创作与我国的小小说发展声气相通，交流往来频繁。早期，我国的一些小小说单篇作品往往是经由东南亚向欧美国家传播。这个辐射过程，对我国的小小说版权输出起到了良性推动作用。

近年来在小小说版权输出领域身影活跃的作家凌鼎年的文学活动，能较好地说明小小说版权输出的优势。凌鼎年在海外出版的个人小小说专集有《魔椅——凌鼎年微型小说自选集》《凌鼎年微型小说集》《凌鼎年微型小说选》《凌鼎年小小说 103 篇》《五彩缤纷的世界——汉英对照凌鼎年微型小说选》等。此外，凌鼎年还主编了大量的小小说多人合集进行版权输出，比如《淹没的女人·澳大利亚微型小说卷》等，其中《唱大戏》由澳大利亚大华时代传媒集团出版，很好地向世界传播了我国的戏剧文化。

小小说在版权输出上具有多种优势。首先是文体优势。小小说体量短小，文本具足弹性。小小说的标准体量是 1800 字左右，可以短平快地反映现实生活的种种，易写也便于翻译；文本具足弹性，初写者可入手，创作与推广活跃。小小说是中国软实力的一种体现。

其次，小小说先天具有平民性，它可以更为鲜活、生动地讲好中国故事。做好小小说版权输出工作，可以让世界人民更好地了解真实的中国，进而理解这个国度，和这个国家的人民产生文化心理的亲近。

最后，小小说版权输出还有一个版权组织上的优势。国内一些小小说刊物致力于倡导和规范小小说文体、培育小小说作家，形成了一定的影响力，并与小小说作家签订授权协议。这种授权的期限、使用范围较之长篇小说等文学作品而言更长、更宽，保证了版权的相对稳定性。

面临翻译瓶颈

小小说类图书乃至小说类图书在版权输出中，都面临一个瓶颈，那就是翻译难题。由国人自己翻译的小说作品，大多很难进入海外主流出版市场。向海外推介中国的作家，让海外的翻译者注意到这些作家、熟悉他们，这对实现作品的海外译介非常关键，也是版权输出的基础。小小说作品如此，长、中、短篇小说作品也是如此。

对于这一现状，笔者认为，可以探索一种较为顺畅的途径。比如，作家可以在各大社交网站挂上自己的资料，采用视频与文字相结合的方式，最大可能地扩散自己的形象，引起海外关注中国文学的翻译者的注意，而不是像目前这样，或靠出版社联系或凭借有限的现实社交资源与国外翻译者取得联系。如此，小说类图书的版权输出或许就能打开一个新的局面。另外，作家明星制也就是小说作品的代理人机制也应尽早建立、健全并广泛使用，这也是小说类图书实现版权输出的一个构想。

此外，图书出版活动是文化交流的重要媒介平台，版权输出是“文化走出去”的重要步骤。小小说业界乃至小说界应深挖自身的图书版权输出潜力，政府资金、出版投资也可以更多关注小说的版权输出事业。

做好保护规划

在图书版权输出中，知识产权保护不可忽视。具体到小小说版权输出，通常面临这样一个问题：因作家分散，作品短小，海外出版机构直接联系到作者的难度较大。多数情况下，海外出版机构会选择直接使用相关作品，这对小小说作家的合法权益造成了一定的损害。比如，我国许多小小说充满正能量与普适性，常常入选海外孔子学院以及其他教授汉语的学校的汉文教材，但小小说作家本人往往并不知晓其作品被使用。针对这一现象，广大小小说作家可以变被动为主动，将自己的作品直接推介到相关学院、学校。同时，在小小说版权输出过程中，广大小小说作者要有三个方面的认识：

首先，要充分认识到，版权是公共政策的产物，它在输出的过程中所受到的保护是有限保护。公共政策在考虑保护作者权益、激励人们进行有益创作的同时，一定会考虑作品的公共流动性，也就是如何更有利于公众合理地利用这些作品。比如，一些海外教学机构的教授在课堂上使用我国的小小说作品，让机构的学生更好地理解当代中国，这种使用就是对小小说的合理使用，这对小小说文体的传播以及提升小小说的社会效益都能起到积极作用。但当该教授出书时，就要逐一取得作者的授权，即要取得小小说作品的翻译权。

其次，正确理解翻译权和版权。在实际工作中，遇到上述情形，有的小小说作者会认为授权给对方翻译，并不会涉及自己的作品被翻译后的外文出版并走入市场，把翻译权简单理解为“翻译的过程”。有的作者授出翻译权后，还会问：“你需要我的版权吗？”对翻译权和版权的正确理解是，著作权人在授出翻译权的同时就授出了版权。就如在《太阳语》的版权输出中，来自埃及的翻译 Mai Ashour 取得该作品翻译权的同时，就拥有了发表阿拉伯语版

《太阳语》的权利。

最后，目前极少有单人小小说专集的版权输出，多是同一出版主题下多人小小说合集图书的对外版权交易。这种情形下，小小说作者有必要做一个积极的调整，那就是在和一些杂志社签授权协议时，在有关杂志社对自己作品的代理权一项上，尽可能含有“翻译权”。出版社要出版小小说合集并在国际上进行版权交易，一般都会先找到作品的源头——专发小小说原创作品的杂志社。杂志社和出版社定好选题后，在汇编作品过程中，首先考虑的就是其对作品所拥有的代理权范围。如果杂志社无权代理一篇作品的翻译权，它在选稿中就会放弃这篇作品。有的作者对授出翻译权，会因不熟悉而产生犹豫。实际情形是，这对小小说作者是有益而无害的，会增加作者的版权收益。

在实际工作中，笔者深感小小说这一文体非常适合当前国际环境下的版权输出。它体量短小，作品众多，可以按内容整合为多类别图书出版。每年，我国在各种媒体上发表的小小说作品数万篇，从中归类整理，整合策划，可以形成主题图书出版，进行主题文化输出，这对其他类别的图书版权输出也具有借鉴意义。

小小说与我国文化市民阶层的形成

小小说，按冯骥才先生的说法，它与长篇小说、中篇小说、短篇小说一起，是撑起中国小说的四根柱子。这是一个在业界流传甚广的说法。这种说法，让更多的人看到了这一文学现象的一个方面，那就是这四根柱子存在一个篇幅长短的问题。但是，作为从业多年的小小说编辑心里都很清楚，小小说与长、中、短篇的区别，绝不仅仅是篇幅问题。

当小小说作为一种独立的文体出现的时候，相对于长、中、短篇，它与生俱来地有一种“在野”的面目，它与另外那三根柱子，基因序列的相似度其实并没有那么高。简单直接的说法是，长、中、短篇的趋同基因有这么几个词：精英、正典、主流。小小说的基因描述里也有关键词，那就是“平民”“大众”。杨晓敏先生对小小说的定位在一定时间内成为定论：“小小说是平民艺术，那是指小小说是大多数人都能阅读（单纯通脱）、大多数人都能参与创作（贴近生活）、大多数人都能从中直接受益（微言大义）的艺术形式。”这个定位里，动用了三次“大多数”。这说明在这个定位里，“大多数”是不可或缺的，同时它也再明晰不过地说明小小说和传统意义上的大家已经心知肚明的小说是有不小的区别的。自觉拥抱大多数，自动与小众、精英文本之间画出了一道不深不浅的线。

当年，文坛的宿老面对新兴的小小说文体，他们的发言多是逸兴遄飞的。对中原作家群建设贡献卓绝的南丁先生，当年在业界公认的小小说文体的策源地——当时的百花园杂志社，今天的郑州小小说文化传媒有限公司，以他一贯的温文气度说过："小小说是英俊少年。"王蒙先生说过："小小说的明天会更加美好。"中国文联主席、中国作家协会主席铁凝在谈及中原大地的文学内涵、文化风韵时，对小小说不吝赞美："新时期以来，河南文学的另一个亮点是以《百花园》《小小说选刊》为根据地形成的，以郑州为龙头的全国小小说创作中心，它以充满活力的文体倡导与创作事件，有力地带动了全国小小说的发展。"

他们对小小说的关注、赞誉，真诚而令人欣喜，让人们感受到面对这个文坛的新生事物，他们的喜悦与祝福。任何事物在其发展过程中，如果承受的目光是多样的，那说明它已经引起了多方的关注。有赞赏的目光、有打量狐疑的目光，这样才说明，这一事物是在良性地发展壮大。关注到它的人，不会认为这个事物不值一谈，弱不禁风。在一次文学交流会议上，我听到有一位作家领导发言，开宗明义："对小小说，我个人是不太认同的。"我在现场听到这句话时，心里对她表示深深的理解。那是我曾经真切经历过的心态。我明白她的不认同缘起何故。但恰是她的不认同，让我深切知道做小小说编辑的意义、小小说文体存在的意义。

这位领导，是典型的学院派，学院派思维渗透到她的文字风格、工作风格。学院派教授、研究的文学作品的经典性，让他们乍一见小小说作品，会有一种陌生感、质疑感。我初做小小说编辑时，是真的觉得“我不认同”这个文体。接触这个文体，组稿、约稿、看稿、编稿，都是在工作的本分之内。它和我心仪的布鲁诺·舒尔茨、胡安·鲁尔福、马塞尔·普鲁斯特等人的作品，完全是两种面目。一份工作能对生命产生某种触动，是后知后觉的，是日渐积累的。我曾在一篇文章里对自己赖以生存的工作有一段自省：“我忙忙碌碌地做着文字编辑的工作，相当于在文学的身边打转儿。那情形真的很像一个仆人怀着天然的热情，在为他的主人工作。而对主人真正想要什么，并没有去想，也没有能力去想。”或许就是在别人狐疑的目光里、否定里，我开始思考自己工作的意义。

记得一个产科护士给我说过这样的话：“我工作的前几年都认为，我在做我的事情，我是我，产妇是产妇。我刚刚才认识到，我应该体会对方的生命感受，我在工作时其实我们是一体的。”我总是隔一段时间就会想起这段话，是因为它让我意识到，存在于人类社会的各行各业，原来都有它们各自的完成度。假如完成度最高的是在山顶，那么各行各业的风光在山顶聚合时，人们会发现这个山顶聚合的是人世间的所有美好和光明。

后来，我真心理解了小小说这个文体，进而热爱这个文体，认识到自己能为这个文体工作是多么富有意义。比如眼下，我们都在提文学的高峰、文学的高原，但高峰、高原，都不是凭空而起的，都不是悬置在空中的，它们都由平地、平原而来。而在文学领域，小小说的文学功用、社会功用之一就是在为高峰、高原输送基础。

每每想到这一点，我就要感佩冯骥才先生。针对小小说，冯骥才先生说过：“小小说是中国文学的事情，全国的很多作家都是从写小小说入门的。”联合国教科文组织把莎士比亚的生日4月23日定为“世界读书日”，在这一天对莎翁的赞句可谓铺天盖地，最精到的还属《三联生活周刊》：“我们今天时代的警句，总要透着精刮、复杂、犀利，力求把话说得漂亮聪明。但在莎翁这里，一切归于至简。”冯骥才先生评论小小说的话不复杂、不犀利，但它言简意赅，经得起岁月的检视。归于至简，真理方现。

接下来，我想对小小说社会功能的一个方面加以阐述。那就是小小说之于我国文化市民建设所起的作用。

世界文化景象，斑斓深邃，美不胜收。在阅读中，有两个文化场景，让我念念不忘。马尔克斯在他的一篇随笔中提到过这样的情景：他走在街上，迎面过来的一个陌生人认出了他。他们停下脚步，那陌生人和他聊起来他小说中一个细节的合理性。那陌生人就是一个普通市民，一个阅读者。另一个场景来自帕慕克在一次诗歌论坛上发言时的描述。他提到他们那里放牧的人，如果遇到一丛特别美丽的花儿，就会采摘下来，路过一个诗人的墓碑时，安静地献上那束花，默默坐一会儿，然后离开。这两个景象，让我很羡慕。那个陌生人、那个牧羊人，都是有文化情趣的。文学的因子已经注入他们的生命，他们一生所从事的工作都和文学不沾边儿，但，他们的存在，就是文学的土壤，就是文学发展的原动力。而我国的文学、文化的大树上，枝条总是向上的，总是趋向于精英的。年轻时在唐诗里读到“把酒话桑麻”，觉得很美。到了一定年龄，再读到这句，就会有另一番思索：著名诗人孟浩然到了乡下，并不搞文学普及呀，而是顺着村人的话题在走，话桑麻嘛。1200多年前的现场，细节湮灭，我无从想象。所幸，我拥有2019年的细节。我认识两位作家，他们有一段时间常住在一个山村里，采风。我说：“那里的村民一定很待见你们吧，大作家来了。”两位老师一听都笑了，其中一位擅长冷幽默的说：“他们见我们总垂着手，在那里悠着走，认定我俩是算命的，不太搭理我们。等我们走过了，才指指点点：‘这俩算命的，看着水平不老中。’”

在我们的常用词汇中，“文学青年”是一个常用词，而“文学市民”“文化市民”是相对冷的词。文化市民是一种什么面貌呢？他们对文学、文化的热爱是没有功利性的，是纯粹地浸润其中，能写诗，能写小说，能写散文。见了有名望的作家不是只求“合个影吧”，而是能够谈一谈作家的作品，甚至提一提意见。我想如果一个小说家，经常遇到这样的市民，比如一个工人，比如一个商贩，比如一个出纳这样的陌生人，那他在书斋中进行创作的时候，他的创作状态、他的创作成果较之于多和业内人交流，一定会产生某种变化。

“人民需要文艺，文艺需要人民。”人民性，是小小说的先天基因。用好这一基因，小小说文体的生命力就会更加强大。

小小说文体被大力倡导，一定程度上，促进了文化市民阶层的形成。

不是每个文学爱好者上手就可以写长、中、短篇的，单从写作手艺上来讲，小小说的创作对于业余作者来讲是容易完成的。这里讲的是一个普遍的现象。其实，小小说的写作，犹如弹古琴，初写容易，写出精品、写出高度其实很难。关于这一点，汪曾祺、冯骥才都有来自创作实践的切中肯綮的论述。

小小说的创作，易于形成地方性的文学创作现象。而这种文学创作现象的产生，是自发的。举两个有代表性的例子，业界称之为“南谢北侯”现象。“南谢”，指的是浙江余姚谢志强先生。谢志强先生于小小说文体倡导之初即开始了小小说创作，发表小小说作品千余篇，著有文学评论集《小小说讲稿》《向经典深度致敬》等29部作品。这是他个人的文学成就。在他的活动范围之内、视野之内，发现有文学情结者，他就鼓励对方：“你可以写写小小说嘛。”经他鼓励而成长起来的小小说作家有几十位。这里只说近两三年新出现的几位。岑燮钧，一名兢兢业业的中学老师，经谢志强先生鼓励后，开始创作“族中人”“戏中人”系列小小说，文章在家族人物、梨园人物间游走。“族中人”为他的父老乡亲立传，但不树碑。他说：“卑微的人是当不起树碑的。”但人类的历史就是这些担不起树碑的人涂抹底色的。他本人在写作中深深体悟了来自古人的一句话：为人须谨慎，文章且放荡。他生命的维度，在小小说的创作中被一次次拓展。而他创作的成果，就是形成了他的文学地域——岑燮钧给他的族中人划了一块不大不小的地，那个地方叫“周塘”，他的族人就生活在那里。是的，岑燮钧在做教师的同时，做了文学市民、文化市民。而周塘的存在，是有文学辐射功能的，它的“辐射半径”，即文学的意义。蒋静波，一个税务局的工作人员，她的极短篇小小说，多在600字左右，写得冷静、沉着，带着批判现实却又热爱现实的味道，这样的文字气质是迷人的。她的作品，我是从自由来稿中发现的。编辑发现这样的作者，总是惊喜的。于是打电话过去约稿，才知道这是又一位经谢志强先生鼓励出来的小小说作者。她说可以试着写写长的，写1800字左右的标准体量的小小说。她写出后，竟然篇篇精彩。看着她的作品，我总是在心里掠过一句模糊的感叹：“板正的税务工作者，文笔竟如此润泽。”将税务工作者和小小说作者联系起来时，我心里会有一种隐秘的喜悦：小小说这一文学样式渗透于各行各业，那各行各业的生态会更多一些美好的因子、润滑的因子吧。当然，这样的联想多少是带有文艺腔的，而且也先天带有对自身所从事行业的美化。但我真心觉得，文学渗透于社会，社会一定会更多一些美好和人与人的关爱与理解。

谢志强先生发掘出来的小小说作者中，文学创作起步年龄最大者，应该是汪菊珍老师。汪菊珍老师的投稿路数和蒋静波们一样，深得编辑喜欢：除了作品，多余一个字都没有。我不知道她的任何信息。她第一次投稿5题，写泗门人物。泗门是一个真实存在的地方，是汪菊珍老师的故乡。当时《百花园》开有一个栏目：《地方》。我给出的栏目定位是："拒绝只有地方的外壳、名称的文章。所选文章要有这一地方的物候、人情、人文。要求文章要耐读、耐端详，而非简单地符号化。"汪菊珍老师的"泗门人物"系列恰是《地方》栏目最需要的作品，而且字里行间，大有汪曾祺之韵。我在电话中就"汪曾祺之韵"和她交流。她说："我退休了，想写我生活过的泗门，以前忙工作，从来没有想过自己也能写。谢老师说，你就写小小说吧，先读汪曾祺，再写。"我才知道这颗新星背后的推手依然是谢志强先生。模仿是最深的爱慕。爱慕汪老文字的人时下只增不减。但汪菊珍老师和汪老气韵相通的地方在于"世界先爱了我，我不能不爱它"。汪菊珍老师对泗门的爱，对泗门人物的爱，是宁静的，是深入骨髓的。她写泗门的石板、泗门晚饭后灯光下的邻居、泗门一个门柱上的倒刺……泗门这个地方，从她笔下走到了公众的视野里，丰富了人们的情感，让人掩卷回想自己那丢失殆尽的童年。她笔下的泗门，让人感觉"戾气"一词，在人间从没有出现过。两年下来，汪菊珍老师的"泗门人物”系列完成了，叫《东河沿人家》。两年的编作往来，让我熟悉了泗门，并爱上了泗门，而且领受了泗门人物对我的教益：更耐心地生活，更沉静地生活。我有时候会想，如果我花了一笔钱，坐了很长时间的车，到了泗门，见了那里的水，吃了那里的小吃，然后离开，会怎样？这样的旅游，对我来讲，收获其实是很有限的，在汪老师的《东河沿人家》里，我能收获更多，感受更多。

《东河沿人家》，让中国又多了一个很美好的文学地标。灌注了文学之美的地方，总是让人更向往，让人不由得要给予其更多的祝福。一个国家，这样的文学地标多了，必是幸事。大作家和一个地方的关系，总是美谈。但大作家是有限的。这时候，小小说会起到很积极的作用。小小说作者对他所生活的地方，是有贴心贴肺的感情的。小小说不用像长篇小说那样下大功夫去谋篇布局，而其细腻之处，让人更是可感可触，提升一方文学地标的温度。这就是一个文化市民与一个文学地标的关系。

谢志强先生谈到他身边的小小说作者时说：“我这里的小小说写作者，都很散淡，不图发表，有感觉就写，没感觉就不凑合着写。”“散淡”二字，道出了文化市民的气质。“不凑合”，道出了小小说写作者的尊严。不以此谋生，不功利，听从于自己内心的感觉。这样状态下写出的作品，恰恰多为小小说精品。

再说“北侯”。“北侯”即辽宁瓦房店文联的侯德云先生。侯德云先生和谢志强先生一样，在小小说文体倡导之初，就从事小小说创作，成绩不俗。在中国小小说作家里，他和谢志强先生一样属文体灵魂人物。受他影响，在瓦房店一地从事小小说创作的有宁春强、七戒、丛棣、张海龙、董桂萍等。这些作者的小小说作品中多少都带有笔记体的气质。任何题材一旦笼罩有笔记体的气韵，因其简约、疏淡的风格立即就多了几分文人气。这种作品气质，对新时期小小说文体来讲，是清新的，也是可贵的。小小说文体倡导之初，有一种可贵的创作实践曰一波三折或曰翻三番，即在短小篇幅内尽智慧所能把故事尽量讲到峰回路转、出人意表、极尽曲折。这样的作品显然更容易吸引阅读者，当然它也容易引来模仿者。当这样的作品数量较多时，业界对小小说这种模式化、僵硬化的写作就产生了警惕，读者也产生了阅读厌倦。简约、疏淡的笔记体小小说，去掉了刻意的浓墨重彩和钩心斗角的结构设计，更符合当下人们的阅读口味。而侯德云先生是较早把笔记体引入小小说创作的。瓦房店一带的小小说创作群体，我私下认为，与其说他们在文风上受到了侯德云先生的影响，不如说他们在内在精神气质上接近。他们经常相聚，就酒就茶就着花草畅谈文学。而他们之中，只有侯德云先生为专业作家。也就是说，围绕在侯德云先生身边的是一批文化市民，他们的文化活动以小小说创作为主。七戒，火车司机。我一开始给他打电话约稿，总是电话通了没人接。后来他告诉我："那个时候，正开着火车呢。"他让我想起那部很文艺的电影《帕特森》，电影里那个写诗的公交车司机，让我产生幻觉——诗和远方并存，身边一无所有。但七戒让我知道，小小说就存在于擦肩而过的人群里，这种感觉真的让人挺踏实的。宁春强的笔下人物良善、社会关系和谐，他从事司法工作。丛棣的小小说，诗意的成分是最多的，也是把诗与小小说相融完成度较高的，他在口腔门诊上班。董桂萍在一家医院做档案工作。在2020年庚子春节期间，我的邮箱里收到了很多疫情题材的小小说，其中特别理想的并不多，整体感觉缺乏一种对生命的真诚，缺少一种对人们面对灾难时正常反应的把握。而董桂萍的一篇《时光的肺叶》引起了我的注意，它笔调平实地写出了疫情之下人们真实的样子，让人看到灾难之中人类共同的身形，也看到了灾难中坚实的社会支撑。我在电话里跟她谈到这一点时，她说："受侯主席（侯德云先生系当地文联主席）影响，不跟风写，真诚地写。"你看，这就是一个人、一种文体对一地文化生态具体而微的影响。

多年前，我在一篇文章里有过这样的表述：

> ……《百花园》……可能是中国收到小说类自由来稿最多的编辑部。这个小说类别当然是小小说。文字编辑对自由来稿，一直很慎重，不敢忽视任何一篇。编辑们很看重稿件前他们附的信，后来是邮件里的附言。他们的信或附言大多很短，多是半页纸、三五句话。不是他们不愿意写长，而是出于克制，面对陌生和向往而产生的克制。短言里，浓缩着他们对文学的热情，纯净而诚挚。当然，他们渴望作品发表，但他们更专注于自我创造力的实现，在这里体现为文学创造力，是心灵的释放和再塑。对文字的热爱成为他们生活的一部分，就像有些人迷恋足球、旅游。
>
> 他们的生存方式几乎涵盖了中国当下的所有职业，他们并不以发表文学作品作为谋生之道。这是他们与改革开放前的文学青年最大的不同。他们中的绝大多数不以成为传统意义上的作家为唯一目标，虽然在小小说作家队伍里有很多人是通过写小小说进入了各级作家协会的。
>
> 在中国的过去和现在，都有这样的人，他们由衷地

热爱着汉语文学世界。这个世界，极其典雅，它在一定意义上指代精英。要想参与创造这个典雅的世界，人们需要面对那高高的门槛。而小说又是这个典雅世界里的圣殿，是大多数人心所向往的。可在中国，相对应地，是通俗故事类的读者群最大。可以想象一个模型：一个三角形，它的塔尖是“精英”，它的塔基是“通俗”。这样的三角形是尖锐的，塔尖与塔基是较难声息相通的。这就引发一个思索：如何在塔尖（精英）与塔基（通俗）之间形成一个有活力的通道，从而使尖锐的三角形成为圆润的橄榄形？橄榄形的结构，是美好的，就像社会经济结构中的橄榄形。经济社会中橄榄的中腰是中产阶级，这一阶级对社会的重大意义不必多言。那么，在文化上呢？在文学上呢？

在思想界，有人提出：“……社会上更急需的是具有一种文化生活情趣的高素质文化市民，他们能吟诗，能写散文，能构思小说……一个社会只有许多公民具有这种文化情怀和文化情趣，才可能涌现真正一流的文学大师……”

中国需要一个具有文化情怀的文化市民阶层。而塑造文化市民阶层的最佳文学样式，有人认为小小说是一个好的选择。在这个大众更乐于接受短内容的时代，在这个内容为王的时代，小小说“短＋优质内容”的文体优势被业界关注，同时也被期待有更佳表现。无论是4G时代还是5G时代，小小说都大有可为。有媒体在考量各种文学样式在当下的表现后指出：小小说会成为新媒体的又一个爆点。

小小说一直是动态发展的。其动态发展的背后是作者群的波动变化，是作品质量的螺旋式提升。推广开去，就是公民文化情趣的提升、文化情怀的丰盈。

小小说事业发展繁荣了近四十年，大家都已看到，中国文学界、期刊界乃至文化产业领域，都早已关注并多方研究着“小小说现象”，如小小说的文体创新意义、文化意义、教育意义及文化产业上的经营意义等。把这一现象置放于中国文化生态环境的良性循环上来看，置放于群众文学实践来看，置放于中国文化市民阶层的形成来看，小小说文体的发展也有深远的社会学意义。

我国的城市化进程，一直在快速推进，城市居民数量激增。注意到并运用好小小说文体基因里的“人民性”，对培育文化市民阶层、提升国民文学素养和文化素质必有重要的积极作用。

用小小说讲好中国故事

——从《百花园》说起

小小说的文体优势很明显，它虽然体量小，却能在一篇作品中容纳极丰富的思想，并能达到极高的文学品质。同样是因其体量小，它易写易读易传播。在我国，很多作家就是从小小说创作起步的。无论在纸媒时代还是新媒体时代，小小说都极具传播优势，易于为广大读者所接受。

《百花园》于1982年10月推出“小小说专号”，近四十年来，一直致力于小小说作者队伍的培育、建设，致力于小小说文体的发展与进步，探索小小说不同阶段的最佳传播模式。《百花园》是展示当代小小说创作大观的一本“文体刊物”，它在用小小说讲好中国故事，通过对它刊登的小小说作品的研究、解读，我们可以进一步了解小小说这一文体在新时期的时代担当，进而感性地认识到新形势下文学期刊出版工作的使命与任务。

用小小说讲好中国元素故事

中国精神是社会主义文艺的灵魂。一国之精神体现在一国的文化因子里。《百花园》开设的《中国元素》栏目旨在用小小说诠释属于中国的一些文化因子，体现文化传承的力道，体现那些已融入国人血脉的文化因子在当下的生命力。该栏目遴选具备典型中国传统元素、具有浓厚中国风味的作品，集中展示中国文化端庄厚重之美。

《中国元素·民俗》栏目的作品内容丰富，节气、手艺、饮食等诸多民俗传承的人物、故事，在这个栏目得以集中展现。罗俊士的《大年》、李国明的《拜年》、陈德鸿的《立春》、安石榴的《上元夜》等文醉心于传统节日、节气之于中国人的精神意义；宁春强的《棒子王》《传鼎》、吴卫华的《夏无思》《九尾狐》《宋锦》重在“技之绝”；赵德清的《木工周五》、袁良才的《泥人唐》、强雯的《香橼杯》等重在手艺的传承；刘正权的《谷日》《洗厨》、汪菊珍的《彩礼》、宗晴的《被面儿》等重在重温、细心擦拭民间人情；孙丹的《大厨阿珍》、刘琛琛的《白打糕》等有关饮食及饮食文化。在文字中的“民俗”里徜徉，人心安稳而静美，人心凝聚而欣欣然。

《中国元素·本草》栏目的文章多涉及中华医药、医术、医道。作品中的杏林人物，多具传奇；杏林故事，多具哲理。所刊作品在药香、医道里，阐发中华民族所特有的健康理念，乃至由此升华而去的宇宙观。以草本的幽香，蕴藉心灵；以医道的仁心，映衬人性的幽微。谢宗玉的《观音柴》、刘正权的《本草人生之包袱草》、盐夫的《道法》《点睛》为其中之代表作。

设置《中国元素·梨园》栏目的考虑是：我们的戏剧，在异国人的心里，是中国浓墨重彩的符号。中国戏剧之美之魅之繁复，激发异国人的想象和向往。梨园，在今日的都市，有坚定的拥趸；在乡间，有行走着的戏剧团体。《百花园》在该栏目中以小小说的形式展示梨园中人的情感波澜，以及他们在戏里戏外的生活点滴。袁省梅的《挂画》《对台戏》、程宪涛的《拜师》《张财主》、子渔的《游龙戏凤》等诸多作品各呈风采。

家庭是一个国家文明生态的缩影，了解一个国家的家庭文化、家庭道德建设，是了解这个国家过去和未来的途径之一。《中国元素·家风》的文章反映古今家风，传播家风建设正能量。于博的《九指》、穗子的《孝心四折》、蒙福森的《对岸》《鹿回头》、马国兴的《藏在家书里的父亲》、赵长春的《赵林》、崔立的《河边的老人》等为其中佳作。

文房、禅悟及具有特色的手艺、器物等皆为我中华之古韵。涵泳于古韵，就接通了中国精神之脉、文化之源。《百花园》设有《中国元素·古韵》栏目。张尔工的《墨·箫·荷花》《赵子固书画船上的蝴蝶》、张港的《鬃匠》《通心木》、高薇的《莲灯》、岑燮钧的《青瓷杯》《抚琴》、马宝山的《君子之风》《功德》等作多题旨高远，文笔超群。阅读这些文章，读者从中感受到由美而哲的时刻，就是传承的文化密码被打开的时刻。

另有属于中国元素的传奇类作品——小小说文体在传奇文学领域具有天然优势：古时传奇，神秘悠远，动人肝胆；当下传奇，关涉世相人心，张人耳目。但凡传奇，多涉武术、侠义。如黎晗的《莲花令》、乔迁的《天音掌》近武侠，如喵咪戴戒指的《冰糖葫芦》、豆青的《桃花汛》类聊斋，它们向读者展示了中国武侠的精神、传奇的魅力。

用小小说讲好中国红色故事

我国义务教育阶段，三大主题教育之一就是红色教育，即对学生进行爱国主义教育和革命传统教育。习近平总书记曾在文艺工作座谈会上说："社会主义核心价值观中，最深层、最根本、最永恒的是爱国主义。爱国主义是常写常新的主题。""红色教育"在形式上的途径有三：以壮丽的图片吸引人；以激昂的言辞鼓舞人；以好看的故事打动人。在"以好看的故事打动人"上，小小说这种文体，有得天独厚的优势：《百花园》上刊发的红色小小说，沉稳有力地将红色基因赓续与文学美育相结合，其中不少新时期红色篇目已成经典，如津子围的《勋章》、老巷的《傻穄子》、薛培政的《夜遇》、石朋庆的《老将军的小板凳》、李林的《爹是好兵》、李士民的《陈官庄的枪声》、陈正举的《莲花飘香》、高薇的《握手》、张港的《安心洞》、聂鑫森的《方圆古泉斋》等。《百花园》的红色小小说题材广泛，以红色赓续为主旋律，在时间和空间上都不断有新的拓展，书写各个时期的红色人物故事，挖掘人物心灵深处集蕴的爱国情怀、奉献精神，展示中华民族自强不息的民族品格，开阔读者的红色视野，培养大众的红色情怀。

用小小说讲好中国扶贫故事

我国扶贫开发工作，始于20世纪80年代中期，通过多年的不懈努力，取得了举世公认的辉煌成就。

但是，长期以来，贫困居民底数不清、情况不明、针对性不强、扶贫资金和项目指向不准的问题较为突出。基于此，2013年11月，习近平总书记到湖南湘西考察时，首次做出了"实事求是、因地制宜、分类指导、精准扶贫"的重要指示。

其后，2017年10月18日，习近平总书记在党的十九大报告中指出，要动员全党全国全社会力量，坚持精准扶贫、精准脱贫，确保到2020年我国现行标准下农村贫困人口实现脱贫，贫困县全部摘帽，解决区域性整体贫困，做到脱真贫、真脱贫。

《百花园》开设有《中国扶贫故事》栏目。近年来，小小说中关于扶贫题材的作品，其完成度之高频频给人以惊喜之感，让人过目难忘，实现了“高文学品质与唱响主旋律”的完美结合，其中的精品之作是近来小小说文体发展中的重要收获。这些扶贫题材小小说在《百花园》集中出现，带给人们很强的阅读冲击力。“外在扶贫，内在脱贫”，让人们切实感受到新时期我国扶贫工作、脱贫工作的精度、深度、力度，丰富并提升中国扶贫文化内涵。侯德云的《扶贫往事》向扶贫工作投去文化眼光，李方的《独霸角》和周伟的《苦柚》对扶贫工作进行思索并在思索中肯定，季冬梅的《郝奶奶的大日子》从扶贫对象的情感切入，刘立勤的《曹书记扶贫二题》和黄大刚的《送穷》着眼于干群关系，夏平的《贵族贫困户》和许心龙的《改错》细腻地写出扶贫对象的精神需要，喻永军的《眉子》关注扶贫对象脱贫后的精神变化，陆龙超的《幸福登门来》写出了扶贫工作给扶贫对象带去的幸福生活等。

用小小说讲好中国地方故事

地域性文学写作，长盛不衰，且易受到广大读者的喜爱。《百花园》有一个特色栏目，叫《地方》。《地方》栏目下的作品，不是只有地方的外壳、名称的文章，所选文章蕴含这一地方的物候、人情、人文，而非简单地符号化。数年下来，《百花园》的《地方》栏目，点亮了中国大地上一个个文化地标。这些地标都很小，但都可爱极了。它们或为一条街道（王春迪的“老街往事”系列、周伟的“老街人物”系列、张望朝的“阳明街人物”系列等），或为一方水域（赵长春的“袁店河”系列、江岸的“黄泥湾”系列等），或是一个山坳（唐也的“广山片人物”系列）。它们或在东北小村（乔迁的“乡亲乡爱”系列），或在江南小镇（汪菊珍的“泗门人物”系列），或在新疆的胡杨林（巴图尔的“买买提”系列），或在海边的小渔村（蔡呈书的《糯罾》《杠网》），甚至可以是一户人家的一个院落（侯建臣的《圐圙人家》）。通过构建极具地方特色的小说环境，它们释放中原人情（胡天翔的“乡村字典”系列），它们安放客家古语（练建安的“客家”系列），它们回放毗陵往事（陆涛声的“毗陵逸事”系列）等。《地方》栏目的一篇篇文章耐读耐端详，传承文化底蕴，书写地方精神，其中漾溢哲学意味。由此，中华大地上的一个个文化地标走入人心，走入文化记忆。

通过对《百花园》相关栏目定位的解读，我们可以充分了解小小说的文体优势。小小说被誉为“文学的轻骑兵”，比散文有情节，比故事有品位，同时还具有一定反映社会现实的时效性，贴近实际、贴近生活、贴近群众，在不同时期以不同艺术风格呈现了文学的独特力量。它立足广大民众，关注社会现实，彰显艺术魅力。一本好的小小说文体刊物，以小小说的文学样式，讲好中国故事，弘扬时代精神，以文化人，润物无声；它将为进一步推动全民阅读工作常态化、规范化，提升国民素质和社会文明程度，共同建设书香社会，做出应有的贡献。

小小说的幕后

选了自己的几篇小小说，重点写这些小小说是怎么来的，有创作谈的性质。

一个擦肩而过的瞬间、一句诗、一本书……

写了那些零散的元素如何在一个人的脑袋里拼接、变形，直至成为一篇小小说。

我对自己的小小说写作，并不满意。当时提笔就写，是听了编辑部一位前辈的话：“做小小说编辑，你得写。写了，你才能更好地理解这个文体，理解作品。小小说和长、中、短篇小说不一样的地方，你也只有通过自己去写，才能明白。”

希望“小小说的幕后”能引发人们对小小说的兴趣，能引发人们“我也来写篇小小说”的冲动。

大暑

月光之下，展开迷迭香的微风，鱼一样清白，木鱼一样笃定。大暑之日，最需清凉。

上官颜后来喜欢在昏黄的灯光下打坐。入定前的忽明忽暗时刻，她会想起那场雨，想起那座寺院。

那年，上官颜不远千里去岛上。一下船，脚还没踏稳码头，那海面上成团的慵懒昏醉的空气一股脑儿都变成了雨，下得没天没地。她像独自被困在海底，周围波涛汹涌。她不想停，她向寺院走去。

一袭黄衫闪来，行李被人提起来。上官颜收住脚步，停在台阶前，阶上是一亭台。后来才知道，她当时是在观音桥上。允智合掌立在她的面前，说："你真傻呀，这么大的雨也不知道躲吗？"上官颜心里笑了，这个僧人说话太温和，后半句都不忍说出的样子。"想躲，躲不及了。"上官颜抹了一把脸上的雨水，眉眼生动起来。她看到亭子的座椅上放了五个花篮，清一色的香水百合，那干净的粉红，在昏暗的天色中放着光。

允智说："明天十五，我敬佛的。"

"敬佛也可以用这么漂亮的花吗？"

"不可以吗？"见上官颜无语，允智笑了，温和地说，"我喜欢就是了。"

雨停了。允智安排她在寺院住下。

傍晚，上官颜被敲门声惊醒，同时听到寺院的鼓声，是允智来喊她吃晚饭："寺里五点半吃晚饭，怕你睡过。"

上官颜请允智进来坐。允智说："女客的床，我们是不能坐的。"

"这么拘泥，我听说不是直指人心就可以了吗？"上官颜说完就笑了。

"直指人心是慧，慧从定中来。要想有定，就得守戒。像我这么笨的，戒就要一点儿一点儿地守。"

上官颜也像被戴了戒箍一样，收了笑，说："好，你慢慢守你的戒吧。我梳头。"

她从包里拿出梳子，坐在桌边开始梳头，一下一下地梳。她看到镜子里，允智站在门后，好像正低头看自己的鞋尖。

第二天，上官颜起来已经九点了。走到普贤殿前，看见允智在紫莲花缸前站着，她走上去。允智就问她："你早上没有上殿呀？我看遍大殿都没有发现你。"上官颜心里一动，嘴上说："早上上殿干吗？""我们做普佛，为众生消灾。"上官颜看着太阳下的紫莲，想起一个过目不忘的句子：山在水在石头在，诸佛都在你不在。

夜里，上官颜把手机定了时，早上四点准时起床上了大殿。僧人一律咖啡色的海青，分东西两厅背对大门站着。上官颜远远地看到，西厅倒数第二排中间的僧人就是允智。唱佛开始了，梵音清越柔和。上官颜听着，心里渐渐清凉。

唱佛后，开始绕佛。允智转身绕佛，似乎根本没有抬眼，但上官颜知道，他知道她在，因为允智走过她身边时，颔着的头更低了一下，并向她的对面微微侧去。上官颜跟着紧张起来，凝神合掌，只看大殿的观音像，塑画威容，端严毕备。直到普佛结束，上官颜再没敢看允智的背影。

那天吃晚饭时，上官颜与一新结识的游伴同桌。游伴原与允智认识。她说："允智师父问起你的游程呢。他问我，法雨寺她去了吗？梵音洞她去了吗？珞珈山她去了吗？紫竹林她去了吗？我说你都去过了，估计不会再去哪儿了。他说，你肯定还有没去的地方。"游伴粗眉细眼，有着浑厚里的精明。上官颜莫名地有些心虚。吃罢饭，允智也该下殿了。上官颜去找允智，她刚走到观音殿前，就见允智正在锁对面三洲感应殿的门。允智说："带你出去走走吧。"出了寺门，东面是海，允智不能去。"寺里规定，夏天我们不能走过东边的马路，因为会有女客在海里游泳。过去一次，是要被请出寺院的。"他们往西走，地势渐高，游人稀少，是上山了。

"你诵什么经？修什么法门？"上官颜以为看一个人修习的法门，可以揣测他的秉性和心路。

"什么法门修好，都会到家的。"算是回答，也不算是。

山顶，是正法明如来殿。青铜铸就，构件仿木，重檐歇山顶。风吹铁马，在远处也能听到，站在檐下听，声音却并不大，像是无意招引。殿的东墙上方，还有一蜂窝。可见此殿前香客稀少。六点刚过，殿门已关。上官颜专心看殿门上的楹联：欲知堂奥幽深更进一步，要识门庭广大如在孤峰。

允智说："这是我寺上任住持发心建的。"

上官颜问："你常来这里？"

"是，这里更像我的家。"

山风吹来，允智的僧衣一动一摆，应和铁马叮当。

六月十九，是观世音菩萨成道日。上官颜去了三洲感应殿，殿里早拥满了人，她在一个角落里坐下。允智每过一会儿，就端着竹筐收一遍韦陀菩萨和八大天王前的贡品，路过她身边，就会挑出一两样放在她手里。上官颜坐在那里，喝茶吃果子看人，看人在菩萨前的虔诚。

二十日夜，寺里已极少香客。上官颜在寺里游走。走久了，就在那棵六百多岁的香樟树下坐，只遇上了值夜僧。她看着月亮从香樟树的东枝上移到西枝上，才回屋休息。香樟树就在三洲感应殿的西窗下，西窗的窗纱被屋里的灯光照得暗暗地红。

第二天，上官颜离开了寺院，正是僧人们做早课的时间。上了船，上官颜收到允智的短信："昨夜，你在香樟树下坐。我听见值夜僧问你从哪里来。我一直在大殿坐着，看菩萨座前的长明灯。不要问我以前修什么法门，以后我会持诵《楞严咒》。我念，就是你在念。"

"我念，就是你在念。"上官颜知道，这一世，他们是不会再见了。在以后的岁月里，这句话，一次次平复上官颜心中的躁动或者委屈。

《楞严咒》是咒中之王。持《楞严咒》者须戒体清净，净口常素，持菩萨戒。诵时，上空一切神圣经过该处，都会住云合掌静立，直至诵咒结束。释迦牟尼佛讲《楞严经》的缘起，是他的弟弟受到了女人的诱惑。

"女人的诱惑，有吗？"上官颜出定后，有时会自语。

《大暑》幕后

这篇小小说创作的原动力，来自哪里呢？真的就是来自舟山群岛上的普陀山，来自观世音菩萨的道场，来自普济寺的大殿和正法明如来殿。

我最初接触普陀山，是在高中地理课本上。高中地理课本讲的当然都是地名，但普陀山和别的地名不一样。我当年所在的文科班大多是复读生，应届生只有我和另外两个男生。班上有一个女同学已经复读了三年：她的父母都是工程师，觉得自己的女儿考不上大学是“奇耻大辱，愧对祖宗”。这是她复述给我的她父亲的原话。可见，她的压力有多大。可是，人类真是太奇怪的生物，压力越大我们越想逃避。高三那一年，记得刚进入四月，我们两个就无心学习了。每一个晚自习，老师点过名后，我们就溜出教室，穿过黑暗的教师办公区的走廊，来到框形结构教学楼的北长廊。北长廊所在的教学楼属于初中部，初中生不上晚自习。在黑暗的走廊里，她给我讲《楚留香传奇》，一个章节一个章节地讲。夜风里，总有植物的香气。我至今遇到的最好的小说讲述者，就是她。高考到来的前半个月，我们两个写好了给父母的诀别信。我们非常认真地选好了我们高考失利后的逃亡隐身之地。她到底比我大，连路费都准备好了，我什么都没有准备。她说：

“我们逃出去就是一个人了，你就用我的吧。”我们选的逃亡之地就是普陀山。她很早慧。我问她:“为什么是普陀山？”她说:“到那里观世音菩萨会护佑我们。”我当时都不知道观世音菩萨，更不知道观世音菩萨的护佑。写好了信,《楚留香传奇》也讲完了。我说:“讲《小李飞刀》。”她说:“心太乱，讲不成了。”莫名其妙的是，那一年，我俩竟都考上学走了。

是的，我写《大暑》，心里想念着我的那个女同学，想念着教学长廊里，夜风送来的种种花香。

我写《大暑》，心里还想着我接触过的另一些人。

有佛门的修行者说，谈论佛法，要经由真修实证，否则多为空谈。请允许我空谈一次吧。

这个城市的西郊，有一段古郑国的护城河遗址，遗址北岸有一座寺院。寺很小，一寺一僧一柏而已。寺是古寺，僧是老僧，柏是古柏。古柏的树冠遮去近半个院子，院子就很阴凉，到处铺着密厚的青苔。不下雨，人走上去，也要小心翼翼。

我爱去寺里喝茶。每次去，老和尚就从高高低低的木头柜子里拿出干果、鲜果、点心、茶叶，摆满了红木小茶桌。我常喝得忘形，有好几次都是大月亮移到柏树正南才离去。终于，有那么一个瞬间,我突然觉得很有些愧对师父对我的慈祥。我放下茶盏，端身收神，整理好表情，向师父说:“请师父给我讲讲佛法吧。”师父转向我，眉毛胡子都一起善良地看着我。然后，他忍不住地笑了:“你又没真心要问，喝你的茶吧。”我顿时恢复原形。再端起茶盏时，就看见西窗上划过一道弧线，是小鸟从柏树枝下飞过。

我没有智慧请问佛法，却对老和尚在终南山雪线以上长达六年的闭关很感兴趣。那六年里，总该有些奇异的事儿吧。也知道在哲人面前，表现出对通俗故事的热情有些低级，可我就是忍不住呀。终于有一天，拐弯抹角地引得他说了。

他说：“那天夜里打坐，外面鹅毛大雪。一个白胡子老头儿站在我面前，雪白的头发卷曲着到脖颈……”他说着就在自己耳后比画了两下。就这两下，他清醒了，不说了。再怎么问，他只说：“连这也是虚妄，都是虚妄的。”可这个如虚如幻的白胡子老头儿，很是吸引我，比真人更摄我的魂魄。我再去寺院，就总在路上想，那白胡子老头儿是不是正在红茶桌边喝茶？他知道我想见他，会不会多喝一会儿等我？我加快了速度。

下面这个故事，是一个出家的僧人讲的，讲的是他的一个祖师爷：在祖师爷六十二岁那一年，在他生命的最后，他在一个小城的街道上独自步行。他见到一个盗贼正要被置于从里面烧火烤热的铜马上处死。盗贼哭喊着求救。祖师爷生起了极大的悲心，他告诉在场的官员，那个囚犯是无辜的，而他自己才是真正的盗贼。当他的弟子们发现他时，已经太晚了。他代替那个盗贼，受了死刑。在那个无名的街道上，他用自己的生命赎回了一个萍水相逢的人的生命。

雪夜里的白胡子老头、陌生街道上的老僧，他们带给我心理上无比的安全感：无论我在哪里，处于怎样的境地，他们都会穿越时空，给我最温暖的陪伴；无论我有多么沉沦，犯下多少过错，他们的慈悲总不会放弃我，总能给我找到清净业障的理由和机会。他们的言行，影响着我对佛门故事的解读和书写。

《大暑》其实讲的是：对欲望的克制，会带给自身以安全。所有的欲望，一定都要克制吗？我还不知道，如果我知道，我就没有烦恼了。

牡丹遇上怜花

并不是每个人都能看出王怜花的真实身份。

牡丹能看出。一个女人要看出一个男人的真实身份，有两个条件：她对这个男人有足够的关心；她有足够的见识。

牡丹那天本不想看人，她在看白蔷薇花墙上的红胸小鸟。墙外是热闹的街市。一个男子双手扶住酒店的门框，他说：“如此啊，好酒。”阳光正悠长地照在他的脸上。

牡丹笑了。看见这么俊朗的男人，女人很少不笑。

牡丹留心王怜花的每一次出现。

他喜欢热闹，真的太喜欢热闹了。

人多，热闹。男人多，更热闹。很多男人在一起喝酒，不一定会热闹。很多市井的男人在一起喝酒，就热闹得不得了了。

牡丹每次见王怜花，都是他在热闹得不得了地喝酒。

她不远不近地看他。她听见他说：“昼短苦夜长，何不秉烛游！为乐当及时，何能待来兹？”这样决绝的诗句，被一个醉酒的男人星目横斜地念出，就不复有白金和乌木的气概，似乎快要关乎某种温软情意。

一个女人听一个男人念这样的古句，都要想到温软情意，那，这个女人肯定要爱上这个男人了。

她还听见他说：“既然钱财无多，那就索性喝个精光吧。”

一个女人听一个男人说出这样的话，还要爱她，那，这个女人肯定愿为这个男人做很多事情。

牡丹回到园子里，就对着蔷薇叹息：“他喜欢热闹？我看他是喜欢孤独，稠人广坐的孤独。”

花朵是沉默的。

冬至夜。月明天青。牡丹见王怜花从酒馆出来，他身后跟着谁？戏子。江湖上有名的戏子。

据说，没人见过她的真面目。她出现时，只着戏装。脸上是白粉红唇，桃色的胭脂掠过眼皮在鬓角晕开，说不出晕开的是欢喜还是哀愁。

“怜花。”王怜花站定，没有回头。

“怜花，跟我走。你已经一无所有了，我会给你我的一切。”

“不。你走吧。”

戏子跪下，跪在月光下，王怜花身后。牡丹倒吸一口凉气，江湖上人说戏子沧桑而骄傲。王怜花转过身，一把握住戏子的手，他说话了：“多好的一双柔荑。如果没杀过人该多好。”王怜花转身走了。

戏子的手悬在半空，还是王怜花握住时的手势。她起身，对着王怜花的背影甩出了水袖，又甩出了水袖，转身，是花旦谢幕的姿势。戏子竟然笑了。牡丹以为她会怒或者会哭。因为没想到，牡丹一开始看她笑得很努力，以为她不会再笑出来了。可她终于笑得满园春色，却关不住春色后的骄傲和自弃。她唱：“花好月圆赏心事，良辰美景奈何天。奈何天——”

戏子杀过人，杀过很多人。戏子便不再是王怜花的良人——“何当共剪西窗烛，却话巴山夜雨时”的良人。可谁最后的良人会是自己愿望的全部？王怜花那转身一握不也对戏子含着情意吗？

两年过去了。一个女人把两年的光阴默默地全部给一个男人，那，这个女人对这个男人该刻骨铭心了。

又是蔷薇花开时。牡丹就对着蔷薇叹息：“他这是在拿日子消磨日子。我原想他这样尘归尘、土归土的挺好，我还可以日日见他，可他根本就是在自戕。他不该如此。”

花朵是沉默的。

牡丹走进酒馆。整个酒馆都静了。那是一种怎样的静？迫得王怜花酒醒。

她是他的陌生。他是她的刻骨铭心。

王怜花看了牡丹一眼，就伏在酒桌上，醉了。这个女人是冲我来的。这是王怜花的判断。

这个女人很美，什么叫明艳不可方物？只能是不可方物。这是王怜花的感受。

这个女人心怀秘密。这是王怜花的警觉。警觉和力量、智慧一样对男人不可或缺。牡丹喜欢王怜花眼中的警觉。

牡丹在一个男人的身边坐下，饮酒。这个男人是赵三少爷。牡丹饮酒饮得绝望。她见过戏子在月光下甩出的水袖，她知道，她和王怜花没有结果。

一个女人爱上什么样的男人，体现的是她的品位。

爱上一个男人，知道是否该去接近，那是她的智慧。

知道不该接近，就不去接近，还要为他付出，就是她的慈悲。

牡丹日日去找赵三少爷饮酒。如是三个月。

三个月后，牡丹去找易伯。

“安忍不动如大地,静虑深密如秘藏”形容的还会是谁？易伯。

易伯一生不曾离开绮门镇，从未涉足江湖。他能如此，因为他熟悉太多人的面孔。易伯精擅易容。

牡丹对易伯说：“把我变老。”

牡丹再出现在王怜花面前时，王怜花想到一句话：憔悴一天涯。但他不惊异，惊异的是赵三少爷。

赵三少爷问牡丹：“你怎么老得这样？”

“你怕了。看来是真的。男人不怕剑上的血，怕的是女人头上的白发。可也不一定吧，男人可能不怕女人头上的白发，怕的是剑上的血。”

说这话时，牡丹分明看着王怜花。王怜花在她的目光中喝酒。空气霎时如高空摔下的冰块，在透明中炸裂。

牡丹还是天天找赵三少爷饮酒。她说：“昼短苦夜长，何不秉烛游！”她说：“为乐当及时，何能待来兹？”

世间真有灵犀指。

谷雨日。芍药盛开。王怜花离开了绮门镇。

牡丹嫁了。嫁给了易伯。

知道自己该嫁给什么样的男人，并且嫁给他，这是一个女人的福报。

后来，江湖上传言，御前第一带刀侍卫王怜花办案，只用一招制敌。这一招，人称怜花灵犀指。

《牡丹遇上伶花》幕后

这篇小文，是向《古金兵器谱》《江湖外史》表示感谢的。我不能说是向它们致敬的，我自问，没有致敬的资格。但是表示感谢，还是可以诚心诚意的。

和大多数那个年龄段的人一样，我迷恋过金庸和古龙。其实，那种迷恋里，带有虚伪的成分。我在一所三线建设形成的工业小城读书，小学、初中、高中，一路读的都是子弟学校。自始至终，同学们的感情都非常好。我们有一个班长，大学毕业后很快做到了某知名外企的大区经理。他有能力不去上班就让公司运转得很好。那时，他单身，一年中有三分之一的时间，在小城生活。可是，他单身的时间过于长了，足足有 41 年。白天不知道他干吗，晚上待到钢城的同学下班，他就张罗饭局；若是哪天有外地的同学回小城，那就是他的节日，必会增加节目：凑个双休日，踢场女生看男生跑的足球，或者爬个山什么的，也少不了唱歌。在有一天的饭局上，三十多号同学在场，他端着酒杯，语调低沉地说："兄妹，是父母带给我的朋友；你们，是我自己找回的兄妹。"我们同学间的感情就是这样。同学中有一个人读金庸、古龙，我们全班同学为表达友谊，就集体读金庸，读古龙。我们当时的班主任是一位物理老师，他是人群中少见的真正涵养很好的人。他对我们表达友谊的方式，很无奈。他说："我在述职报告里，能说教学质量下降是金庸、古龙的错吗？不能，我只能和他俩硬拼。"没在那样的集体生活过，你可能没法想象那种情形。我就是在这种情况下，读的金庸和古龙。只读出了热闹，当然也读出了大家在借书还书过程中发生的故事，那是另一篇文章中要写的内容。

多年后，遇到《古金兵器谱》，我才发现，我当年读金庸和古龙，真的仅仅是在耗费视力。我强行为自己开脱的言辞是："我是高三开学两个月后才从理科班转到文科班的，我本来就没有文学天分。"可这话怎么说来，都有点儿无耻。

《古金兵器谱》，我找不到了。记得很清楚，它封面印的是："写者王怜花"。后来，在《古金兵器谱》的基础上，王怜花加了内容，出了《江湖外史》。书封上红底黄字地印着："献给热爱武侠的人，献给永不磨灭的青春。"这和《古金兵器谱》封面的调子迥异。我手头至今留有的是《江湖外史》。王怜花在《引子》里说："假如江湖上只有金庸，或者只有古龙，那将是我们多大的遗憾。作为一个汉语的热爱者，我常常对造化深怀感恩之心：在汉语支离破碎苦难深重的二十世纪，上苍还是同时赐予我们金庸和古龙所创造的汉语奇迹。"

这个开篇，提到了上苍和汉语奇迹，我想他们北大才子们就爱这样吧，也一般。可等我看完"尘土荣华　昔晦今明"那一章节，才体会了什么叫"折服"。"尘土荣华""昔晦今明"这八个字，当时有几天的时间，在我脑子里持续出现，那情况有点像修行者被灌顶之后的"保任"。直至今天，遇到某种境况时，这八个字还会出现在我的嘴上、心头。在这个章节里，王怜花用里尔克的句子作了题记：有何胜利可言？挺住意味着一切。题记与内容丝丝入扣。

同学们读了金庸和古龙，会交流什么？无一例外，我们交流“武功”，降龙十八掌、迎风一刀斩等。可怜我当年耗费那么多时间，记住了迎风一刀斩，却压根没记住拥有这一绝技的人叫“无花”。《楚留香传奇》里，我的眼睛只围着楚留香转。古龙却是这样写无花的：“他全身上下，看来一尘不染，竟似方自九天之上垂云而下。——所谓惊为天人。”古龙在这里，一个字都没有用错。“看来一尘不染”，只能是“看来”，因为无花会说卑鄙、可恶的话，且用最温柔、最文雅的语调说出来；“方自”换成“方从”试试，语感顿失不说，也没了无花身上料峭不安的意味。——这种“古金”阅读启蒙，是王怜花老师传授的。王怜花的传授不止如此。古龙把无花当名士来写，王怜花就找出《世说新语》中那些描写名士的措辞，措辞指向王右军、杜弘治、王恭、裴令公、王夷甫、夏侯太初、李安国、嵇康，一路名士摘录下来，也不是无心的，他用嵇康压阵。这就是读书的功夫吧，我辈不如。繁花似锦的措辞云集，你会发现“垂云而下”依然从中跳脱而出。古龙就是古龙。我因之珍重对待“引子”中“汉语奇迹”这四个字。

在《古金兵器谱》里，在《江湖外史》里，王怜花总是在文学审美之后，引领读者进入一种境界：“走过大地，不留痕迹”“远方一无所有”“世事如棋”“人心惟危”“人淡如菊”……直至“尘土荣华　昔晦今明”。王怜花老师启蒙了我的武侠阅读，更启蒙了我的某种生命悟性，这是我对《古金兵器谱》至今不忘的原因。王怜花老师在书中教授了我这么多，我们却素未谋面。有一段打开电脑，总会弹出一个游戏的广告，其中有一句话：戏子薄情，薄如一面。作为读者，受了王怜花老师那么多的教授，却连“一面”也无。这道理，去给谁讲呢？

于是——套用塞林格的句子“怀着爱和凄楚”——我怀着诚心诚意的感谢，去写《牡丹遇上怜花》。那是借着王怜花老师饮过酒杯里的余香写就的，文中的人物情感、行文节奏，都不是我的，它们的气息出自《古金兵器谱》《江湖外史》。

为什么选了“牡丹”这个名字？少年时代，我是刻意喜欢过梅花、兰花的，至今也喜欢。直到有一年，自己养了一盆牡丹，开了十二朵，朵朵重瓣，大如海碗。我围着它们转，才突然明白，牡丹对待世间，可真的是厚道。从此，也喜欢牡丹。王怜花的名字，我看是有些阴柔，配牡丹正好调和。于是，就是“牡丹遇上怜花”了。

在这里要记下的是，《古金兵器谱》之后，我的一类文学阅读就像开了运势一样，紧接着遇到了田晓菲的《秋水堂论金瓶梅》，她让我认识到《金瓶梅》是一部秋天的书：万物凋零，金戈铁马。此后是周汝昌、蒋勋、阎红、今何在……顾随、纳博科夫、哈罗德·布鲁姆和特里林……

阅读需要引导。真正意义上的阅读，会为我们打开另一个世界。对那些引导我阅读的人们，在此，一并致以深深的感激。

小木遇上小资

小资，大名庞毅。小资的称呼是小木给他起的，那个和他有缘无分的女子。

小木，总像是心怀秘密。这点很诱人。小木自己的解释是，可能是因为迷茫。她喜欢上了某电视台的总监。不用说，总监有家室。和小木的交情，泛滥于眉目传情、魂传魄授，止步于十指紧扣、相对无言。放在当下，总的来说，算是一对璧人。

这天又是在标本酒吧，小木正和总监四目相对，忽地进来一群美女，个个活力四射，一进门见了总监，就围在他身边左一个“总”右一个“总”地招呼，尊敬里带着撒娇，撒娇里带着招惹。总监左支右绌，满面春风里隐现避讳。一个疏忽，小木拎起一瓶酒去了吧台。店老板倚着吧台上网。小木醉眼里就看到一个网名：泣跪迎驾——有多少心折和思念，才会熔炼成这么四个字，才肯承认这四个字？小木攀着店老板的胳膊说：“这个名字怎么就这么好呀！”语调凄楚楚的。来这家酒吧有三年了，彼此打招呼，却陌生。店老板转身，凝视，拥她入怀：“你不是小木吗？住在三街坊 35 号，你哥带你到我家玩，你还牵了我一本书。”他说这话的调子很克制，像电影里的道白。三街坊 35 号，那是她在南方小城的家，他怎么知道？小木愣了，就偎住店老板不动。他在便签上写下一个名字，折好，放进她口袋里。

次日酒醒，小木想着这么一幕，拿出纸条一看，直奔书架，取下一本书:《南拳入门》。书薄而泛黄。翻开扉页，果然有签名：庞毅。和纸条上的一样，字体的架势都还没变。那年她九岁吧，电影《少林寺》正全国上映。而她竟一时迷恋上了武术。屈指算来，18 年了。

庞毅家在33号楼住，和她家隔着一条巷子。那条巷子的一边密密地站着玉兰树。他和她哥哥是同学，他们同在一所中学，上学放学的路上，总能遇上。神说，上辈子五百次的回眸，换来这一世的一次擦肩。那她和庞毅怎么算？上辈子什么都没干，只回眸了。呵呵。

一周后，她去酒吧找他。店员说他自驾车横跨欧亚大陆，周游列国去了。她以前倒听说过，这店的老板数月盘点一次生意，若有盈余，就取出去旅游了。数月后，她在杂志上看到一篇文章，是他们旅游的沿途报道，配有庞毅搬法式面包的照片。小木这才看清了成年的庞毅。

那晚，小木收拾出好心情，去了“标本”。店员告诉她，他入藏了。小木看墙壁上庞毅和藏民的照片，一张连一张，还有喇嘛，喇嘛不是不拍照吗？她开了一瓶龙舌兰，继续看照片，越看庞毅越像喇嘛。她在贴纸上写下名字和电话贴在瓶身，把酒存在了店里。她对店员说:“庞毅回来，请他喝这瓶酒。”店员收下了。末了，她又让店员拿过酒瓶，在纸上加了四个字：执樽迎驾。

三个月后，小木接到庞毅的电话:“酒有了，樽在哪儿呢？”小木就乐,放了电话,直奔“标本”。庞毅在店外的大桐树下迎她。两个人面对面站了好一阵都没说话，直看着对方笑。庞毅先说话了:“汤姆，俺可想你了，咱俩抱抱吧。”小木大笑。正宗河南版的《猫和老鼠》的台词。十几年的时光就踏踏实实地落在了卡通的基调上。后来，也有香艳。庞毅爱握着小木的手腕，久久地。他说:“这么小的手腕，根本还是孩子。”庞毅的语调暧昧，指向不明。小木双眸清澈，目光不定。“你和那总监怎么样了？”“断了。”“断了，为什么？”“问我？问问光阴吧。”庞毅笑了，带着怜惜。“那时候你们来，我真没认出你，后来，认出来了，想着你小时候的样子观察你，特好玩儿。你小时候吧……”“打住，不许说！”“为什么呀？”“不为什么。”他们总这么聊天，语调轻缓，语音真实，像午后的阳光一样无所事事，只照着尘埃浮沉。

那天，庞毅专程从阳澄湖带回来闸蟹，小木到他家去做她发明的啤酒气锅蟹。小木看刚下车的庞毅一脸疲惫，说:“太刻意了吧。”“刻意也不是错，滋味品到了极致，就容易少生念想。”小木把做好的蟹端上餐桌，才发现餐桌靠着的墙上贴了一幅电影海报。小木说:“这就是传说中的张国荣的《春光乍泄》。”庞毅说:“是我潦倒的时候，从朋友那里借钱买的。”小木知道这张海报的行价是五百多元。小木说:“你改名叫小资吧。”庞毅牙痛似的重复了一句:“小资。”

“干吗不挂在卧室？”

“食色生辉。开吃吧，丫头。”

入了冬，庞毅又消失了。开春回来时，身边多了个女子。他对小木说:“这是我的伴儿。”

“什么？”

“我的初恋女友。我们分开过，现在又在一起了。”

“折腾二。不怕折腾三呀？”

“分开后，她出国了，我们的电话费打超了十万。”

小木闭嘴。

很快，小木知道，庞毅和他的伴儿已经一起皈依佛门，都是“释某人”了。小木对庞毅改了称呼，她喊他小资，一遍一遍地，在他忙时，在他闲时。对这个称呼，庞毅不再表现出尴尬，他笑着应答。她从心里抵触他庄严的法号，她一遍遍用这浮华的名字唤他，就像亲人转身，明知无可挽留，却还执拗地把自己杵在原地……她孤单得想哭。一双手臂揽住了她，是他的伴儿。被她揽住的感觉很温暖。

数年以后，小木观照往事都成旧尘缘影，那种温暖还在。

《小木遇上小资》幕后

这个故事发生的真实的背景，是有那么一个酒吧。那是我和几个女友常去的酒吧，在当时这个城市的酒吧里比较有特色一些。偶尔，和酒吧的老板会说上一两句话。但这绝不足以让我动笔去写一篇有关酒吧的小小说。

有一天半下午的时光，我和几个女友又去了那家酒吧。酒吧的招待送过来一瓶酒，说："我们老板送你们的。"

"你们老板呢？"

"去西藏了，他每年总要去那里待几个月。"

一个女友就问了一句："你们老板叫什么名字呀？我们一直都不知道。"

店员说出了一个名字，我愣了一下，追问他那名字的三个字怎么写。他耐心回答后，我问他的老板来自哪里。他果然说了我那个钢铁小城的名字。

我少年时代生活的小城，是当年搞三线建设而形成的一个移民工业城，居民或曰职工来自五湖四海。

我的班上有一个女生，比我大三岁。我们的父母彼此认识，我私下里叫她宁姐。成长中，会有一个年龄段，如果差上两三岁就会有很大的差别。我和宁姐当时就处于那个年龄段，她十三四岁，我十一二岁。暑假里，我们常在一起玩，多在家里。若要外出，就要给父母报备：和谁、去哪里、几点到几点。那件事，我记得比较清楚的是，宁姐提前两天就给我说，她晚上要到一个朋友那里去玩，要我一定陪着她；如果她母亲来问，就说我们去散步了。她在那两天里不止一次地给我叮嘱这些内容，我很好奇，也有些紧张，因为面临撒谎。

到了那一天，我忘了怎么瞒着父母出了门，就到了宁姐朋友家里。她朋友家和我家很近，中间只隔一条两边种着玉兰的小巷子，走路过去六七分钟的样子。那是我第一次见到那么多的人拥在一个客厅里，有男生有女生，显然他们是高我们几届的学生。他们都很开心，说笑着，我仰着头看他们的脸庞像一朵朵向日葵。我完全记不得他们在说些什么。突然，有人把客厅的灯关了。黑暗里，就听见我放声哇哇大哭。灯很快被拉亮了。灯光下，他们的脸不再像向日葵，而像一块块板着的木板。听见有人说："别闹了，赶紧送她回家吧。"我被宁姐推着往外走，走到门口要开门时，有一个额头宽宽肤色黑黑的男生说："你等一下。"他转身拿了本书递给我："这个给你，你不要告诉我妈。"

我这才知道，他是这家的小主人。

那真是我收到的最奇怪的一本书，《少林拳谱》。到家，我翻着这本莫名其妙的书，看到扉页上写着他的名字。我这才意识到，我根本不知道他妈是谁。

这本书给我的另几个女伴儿带来了乐趣。我们这个小城四面环山，山下绕水。离生活区最近的一座山，不高却有山的样子，坡度舒缓，山上多树多大青石头，我们几乎天天放学都先到山上玩一会儿。她们让我带上《少林拳谱》，我们在大青石头上照着书中的招式比画来比画去。累了，我们就躺在石板上，那本拳谱随风翻着，总会见到扉页上那三个字被风吹过来吹过去。那名字的三个字，我印象很深。

升到初中部，我才知道那个男生为什么怕他妈妈。那天在校园走着，身边的一个同学目视着一位老师对我说："这就是凌老师，全校最严厉的老师，她的儿子却是全校最淘气的，刚辍学了。"同学说出她儿子的名字，就是写在拳谱上的名字。

店员走后，我想着酒吧老板的模样，断定他就是当年送我拳谱的人。断定之后，我再也没去那家酒吧。不再去那家酒吧之后，我也没有别的酒吧可去，就从此断了泡吧的经历。

如果他在之前，已经认出了我，那一定是糟糕透顶的事儿——我这么想着，突然对这个店主生出了一种很好的感情，似乎他成了我少年玩伴中的一个，虽然我们自始至终在钢城只有那一面之缘。想着钢铁小城那翠绿的山风，我怀念少年的玩伴。于是，我写下了《小木遇上小资》，文章里就有我那少年玩伴成人后的身影。

嗯，一个常去的酒吧，一个灯灭的瞬间，一个名字，一个少年玩伴成年后的身影，这篇文章就是这么来的。

葵花的眼睛

我和葵花是游走在这个城市梧桐树下的同类，其情形如水族馆中的鱼与游客，亲近又隔绝。

那天下午，葵花憋足嗓子在楼下喊我。我探出头，她猴跳一样招手让我下去。我下了楼，她正把脚蹬在一辆自行车后座上，拿了块抹布擦鞋。她劈头问我：“我气色怎么样？是不是容光焕发？”同时她还后退几步，又郑重地站定，很紧张的样子。这么夸张！细看她那张用烟酒滋养出的脸上确实有几分难见的红润。得到肯定回答后，她又问她衣服上是否有灰，并强调说她是打扫了一下午的卫生才弄得自己灰头土脸的。我想起她床头柜上那半碗吃剩的鸡蛋羹里长出的绿毛和她按下的烟蒂。

葵花开始切入正题，却是半遮半掩：“我遭遇了一件荒诞的事，我要去见一个人。”“人”的发音用的是去声，引发人无限好奇。

坐上车，葵花以近乎软弱的口气问：“你带镜子了吗？”我赶紧把镜盒给她。正想着我这是第一次见她照镜子，她已啪的一声合上了镜盖：“嗯！很好！我很有智慧。”葵花不漂亮，照镜子能照出智慧来，在她是正常的。“我的网友专门从西安赶来看我了。你见了她可要赞美我，比如我的智慧、朋友们对我的宠爱、我独立的思想……总之，要维护我的形象！”我终于忍不住哈哈大笑。

我想起，葵花曾遭遇爱情一样兴奋地说过：“上网聊天真好呀，快乐而真实。”我还是电脑盲，只能雾里看花地想象上网的魅力：我们磕磕绊绊地长大了，心中留下了许多遗憾。而我们还没有足够的成熟咀嚼出岁月和经历的味道，我们还散漫地希望有些经历可以重新来过，有些欲望可以坦率表达。而虚假的网络世界满足了人们内心深处这一隐秘的需求，葵花是这样吗？

游戏开始了。

那个自称穿红上衣的西安女孩久久没有出现，我所锁定的目标也都因气质不佳、形象不好被葵花一一否定。葵花压低声音急急地说：“她肯定是穿黑衣服。她真贼呀，她一定是要先看到我，或许她已经看到我了，哎呀！怎么办？”终于，我们在一个电话亭边认出了她的网友——苏丽珍。她的确穿着黑西服，还系着小丝巾。一刹那，葵花的神气和兴奋落潮般黯淡下去，她从孔雀变成了家鸡。她说：“我不想认了，咱走吧。”

葵花虽然不喜欢系小丝巾的女人，却无法漠视苏丽珍从西安赶来这一事实。在欧斯特酒吧，我按葵花教我的把对她的赞美之词讲了一遍。她俩自始至终含蓄地矜持着。葵花对苏丽珍说她是害羞的，苏丽珍说她是内向的。苏丽珍内不内向我不知道，只是我从没察觉到葵花“很害羞”。或许她们彼此能体会到——在她们那个虚拟的世界里。

离开酒吧的时候，苏丽珍和葵花已有了惺惺相惜的亲密。当夜，苏丽珍住在了葵花租住的房子里。此后，葵花同这个城市里的所有朋友似乎都隔离了。我们俩也开始疏远，没什么具体原因，就是一点一点地疏远，像在春天里融化的冰块，想刻意地弥补都不可能。

苏丽珍在我们这个城市待了17天。这17天里，葵花辞了杂志社的工作，退了租住的房子，把电脑弄到车站办了托运，背着一个旅行包随苏丽珍去了西安。这些是我从她杂志社的同事那里知道的。

葵花离开这个城市已经两年了。我始终没有她的任何消息。我说过，葵花和我是水族馆中的鱼和游客。我们给对方以快乐和温暖，却从不触及对方生活的真实。所以，我始终不明白是什么给了葵花那么踏实的感觉，让她放弃一座熟悉的城市而奔向另一个陌生。

偶尔，在某个烟酒味很浓的地方想起她时都觉得不真实——真的遇到过吗？真的在一起恣意地快乐过吗？而每当这一刻来临，我都明确地知道：我在深刻地想念着她。这或许就是网络时代流浪着的年轻人的交往吧：唯美的、脆弱的、隐现着随风而逝的伤感。

葵花的网名叫葵花的眼睛，她说过，葵花的眼睛里只有希望和光明。

你在网上遇到过她吗？

葵花的爱情

葵花直到31岁也没谈过一次像样的恋爱。没被爱情淬过火的葵花一身青涩之气。葵花知道自己腿长的优势，却从不懂包装，一年四季只穿那种直筒的牛仔裤。她走在这个城市的梧桐树下，像极了树上栖着的白鹭。

葵花不止一次地对身边的女友说："咱们组织个蓝色家庭吧，互相给予帮助和温暖。这样我们的一生少了男男女女的牵绊，我们会成就大事业的。——你们一定要醒悟呀！"最后一句往往要加重了语气说出来。这话若被佛家人听了，定会欣喜于葵花戒定慧齐修，慧根非凡。可惜，葵花身边的女友不外是些记者、编辑、主持人、播音员，都是些自认为有才有情的主儿。她们不是爱着人，就是被人爱着。总之没一个人闲着陪葵花过蓝色家庭生活。偶尔也会有伤了心的人到葵花的蜗居里，对她说"就咱俩过一辈子吧"。葵花就高兴，不停地说："好呀，好呀，太好了！"伤心的人伤好了，拍拍屁股化化妆又蹬上高跟鞋游走都市间去了，葵花也从不翻人老账。

葵花决定接受项青的追求之前，发过一番高论："到了我这个年龄，无论如何也该要结婚了。如果不结，邻居的老阿姨们会认为我有毛病；如果结了，然后很快又离了，老阿姨们会说，这可怜的姑娘肯定被伤透了心。这样，她们就会宽容我的独身，同时她们经年积淀的同情心也有了可用之处。”

项青家里开了个厂子，自己又在一个不错的单位上班，自我感觉相当好。他追葵花时，开口必称：“其实，追我的女孩很多……”按葵花的话说，怎一个俗字了得！“但他很欣赏我，那种完全的欣赏，而且，他一点也不反对我抽烟。”葵花话语坦白，嗓音却忸怩不堪，到底还是小女儿心态。

项青接到葵花的信号，就拉出像模像样的架子开始和葵花谈恋爱了。

项青敲开葵花的门后，总要微斜地靠在门框上，深情（葵花复述的时候，用的就是“深情”）地看她一会儿才进屋。很像老粤语片里赴约的男子，却不得精髓，倒像凝练的黑白照片上被涂了粉红的唇和腮，显得浮华而幼稚。

没人关注葵花和项青的爱情生活，也没谁赌他们能否将爱情进行到底。过了一段时间，人们传说他俩分手了，犹如转述一株玫瑰的花开花落。他们分手的过程乏善可陈，分手的原因无聊却有意义。它的意义就在于又一次证明了爱情是无常的。

听说是为一个电话。项青给葵花打电话，葵花的手机快没电了，她简单说了两句就挂了机。项青认为葵花是故意挂了他的电话，进而猜疑她另有异性，就反复打过来电话问为什么挂机。葵花反复解释，项青总是不信，葵花没了耐性就彻底关了机。葵花心绪不佳地往家走，发现项青醉醺醺地靠在她家楼下的电线杆上，正挥着双手冲路人大喊：“葵花，为什么要挂我电话？为什么？！”葵花扭头跑进另一条胡同，她拧着眉毛双手伸向天空对身边的朋友说：“天哪！多么丢脸！他竟然喝醉了在大街上大喊大叫！天哪！多么丢脸！”朋友很不同情地说她像从莎剧里出来的人物。葵花放下了她的双臂，也决定放下她和项青的爱情。

就这么简单?！朋友们无从安慰葵花，反而讨伐她对待爱情目的不纯态度不端正。葵花跷着标准的二郎腿吐着烟圈，谁都不看。“我真想谦卑下跪，可是让我跪在谁的面前呢?”克利的名言被葵花说得像是她的原版。人们在这句话里各自琢磨着各自的故事，各自沉默。

葵花和项青分手后，辞职开了家公司。她说:“这和项青毫无关系，只是我得开始我的事业了。”按时下的话说，葵花现在是女友中最有出息的一个。她开了公司，买了车，买了房，她现在最大的愿望就是闲下来去澳大利亚晒太阳。

没人过问葵花的爱情。

“葵花”系列幕后

关于《葵花的眼睛》《葵花的爱情》，真的没有更多可说的。因为，这两篇照搬了现实生活。可是，《葵花的眼睛》却是我写作经历中最奇特的一次。

先说说我是在一种什么样的现实背景下写了这两篇小东西。

在现实中，我和葵花说过太多的话。葵花是我青年时代的密友，现在想起来，一个现象很有意思，我们一起泡酒吧泡茶室，其间，我们应该聊过很多话题，可都没有印象了。印象最深的倒是有两次，是我俩站在路边聊天的内容。那两次路边长聊，时间都不算短，都在两个小时以上。一次是白天，葵花经营的快捷酒店要拆了，我们站在那酒店路对面的法国梧桐树下。葵花给我讲她开酒店的事情，都是我想象不到的事情，有的甚至挺血腥。她讲她那几年的经历，抽掉了一包烟。我也没有制止她。刚出校门时，葵花去路边小卖铺买烟，总叫上我。我为了扼杀她这不良习气，总会想法羞辱她。到了小卖铺，我总是抢先用河南话对店主说：“有最便宜的烟吗？给她拿一盒。”这从没有打击到葵花，她甚至还挺受用这种调侃，每次都大笑着推我一把，说：“哎呀，你……”但这个过程显然化解了她买烟的不适应。后来还是我没忍住，问她：“最便宜的烟多少钱一盒呀？”她说：“两块吧。”我问：“你抽过吗？”她没理我。另一次路边长谈，是元旦前的一个夜晚。我在她家用过晚饭，她周到的伴侣送我到门口，她可爱的儿子对我抱了又抱之后，她送我下楼。穿过小区时，清冷的空气似乎让我们比在屋里更受用一些。来的第一辆出租车，车况不太好，我没坐。之后，出租车久久不见出现。葵花说起来她的心灵修行。说了两个多小时，后来，我俩每每说起那个夜晚，总是这样总结："都没觉得冷哈。"——这就是我们的交往。

就是在这样的散淡、真切的交往背景下，我写了《葵花的眼睛》《葵花的爱情》。

把这二题交给时任《百花园》主编的冯辉先生，冯主编看罢把我叫到他办公室。他右手拿支烟，没有点燃，他拿着那支烟像拿着教鞭一样在他的办公桌上一点一顿的，点顿了几次之后，他才开口说话："你写出了小小说里少见的女同题材。或许，你这是第一篇。"我一听蒙了，但我没多说什么，"第一"的帽子戴上，还是怪舍不得摘掉的。我是不缺乏虚荣心的，可是，我得承认，我真的没有意识到，那是个女同题材。我只觉得那是葵花作妖行为中的常态，她对那个外地来的女网友，和对我一样，我们就是要好的聊得来的女朋友。可事实上，我错了。

文章发表后，我把那期杂志扔给葵花，说："拿给姐姐们看看，我比她们更熟悉你。"葵花有四个姐姐，我们的关系也很亲近。过了一段，我问一个姐姐看过我的文章没，姐姐说没听葵花说过呀。我转而问葵花，她低头抽着烟说："怎么可以让她们看呢？我藏起来了。"五雷轰顶一般，我才意识到，冯主编或许是对的。但后来的生活证明，冯主编没有全对。葵花后来嫁人生子，过得怡然自得。

针对这件事情，在以后的岁月里，葵花是这样羞辱我的：“你这个丫头，有头无脑，长头就是为了显个儿。可是——”每到此处，她都要停顿一下，环顾在座的人，然后深吸一口烟，拉长声音叫着我的名字说：“你为什么长了头也没显个儿？”我个儿低，她每次这样当众说过，总像捡了大便宜一样，笑得烟灰乱飘。我一直不明白她为什么每次羞辱我都用同样的台词，也不换换。就像我当年羞辱她，总问店主同样的话。我们压根没打算斗智，我们享受打击对方的乐趣。就像小孩子拿根棍，敲同一个地方，听同一个单调的音节，乐此不疲。能和一个人交往到这个程度的，葵花于我是唯一的。

如今，我记下这个，是想说明，人写作时，有时自己并没有勘破真相，但是，有的读者会敏锐地发现那些写作者都没有意识到的东西。这也是写作与阅读之间隐秘的关系。

苏丽珍

核桃树围住的这个四合院，在这座城市里很少见。苏丽珍就在四合院里办公。他们来的时候是三月天，东西两面走廊的廊柱、栏杆上的爬墙虎还刚刚睁开眼睛，清新无比。

在苏丽珍隔壁屋办公的是乔泽，高大帅气，面若冠玉。苏丽珍很喜欢乔泽，同时又很清楚自己不会与他牵手人生。她的身边有很多男生足以让她自信，但乔泽是真正的出其类拔其萃者。乔泽拉着她的手穿过冷饮店里的卡座时，座位上的女生都毫不矜持地向乔泽行注目礼，同时面带傻笑，显出难得的真实可爱。

乔泽经常在走廊里和女孩子说话，而且总爱选在最漂亮的那挂爬墙虎底下。乔泽和女孩子聊天儿总是同一个模式：诱惑与被诱惑。苏丽珍总要在乔泽诱敌深入的关键时刻抱着文件从他们身边走过，这时的乔泽调整到最佳的身体语言总在顷刻间瓦解变形，苏丽珍就哧哧地笑。

日子就这样有心无心地闹着过。

火童是最常来找乔泽的女孩，很普通的那种，但她有一双黑亮的眼睛。苏丽珍从来不拒绝有黑亮眼睛的女孩，她们很快成了很要好的朋友。

火童是乔泽大学的同班同学。火童幽幽地说：“乔泽很优秀，我一直喜欢他，我要和他生活在一起。”苏丽珍的心被扯得一紧：“不可能的。”迎着火童怀疑的眼神，苏丽珍闭了嘴。她矛盾地觉得哪个女孩都配不上乔泽，可同时又觉得哪个女孩都应远离乔泽。

隔壁的乔泽爱打电话给苏丽珍，他们的对白几乎每次都一样。

“我想你呀。”

“这么廉价的表白，会失你的体面的。”

“我真的是喜欢你的。你不知道我有多喜欢握住你的手腕的感觉。答应我，让我搂着你睡一晚上，就是搂着你，什么都不做。”

“你还想做什么？！”每每苏丽珍又急又气地说完这句话就“啪”地挂了电话。

挂了电话，苏丽珍容易托着腮发愣：被他搂着？有多少女孩被他搂过了？想想也真亏本。

这天，苏丽珍还没醒，电话就震天响了起来。是乔泽。他说他今天要请假，拜托她把他手头的工作打理一下。难得乔泽这次打电话没有一句废话。

次日一大早上班，乔泽径直进了苏丽珍的办公室，说：“火童病了，我昨天陪她去了医院。”苏丽珍问是什么病，乔泽抿紧淡粉的嘴唇，眼睛看向别处，几乎过了半分钟的样子，他说出两个字：“感冒。”

“感冒？很严重吗？需要你陪？”问出这句话时，苏丽珍心里一无所想。

“或曰感冒。”

“嗯？”

以她对乔泽的了解，火童若是感冒，乔泽是绝对不会这么紧张陪她去医院的。苏丽珍拧了眉，开始忽闪她那特有的毛茸茸的长睫毛。这是苏丽珍迷惑时的惯有表情。“或曰感冒。”是典型的乔泽语言，当他说“或曰”时就是在承认所曰纯属谎言。可是他为什么要撒谎？为什么要在两个关系还不错的女孩儿之间撒谎，那么不屑于撒谎的他？

不知为什么，苏丽珍的心开始往下沉。她想起火童最近奇怪的生理反应和极差的脸色，当时她毫不在意，还对火童说：“你该喝点花粉什么的，养养颜。”

苏丽珍想到这里，睫毛不动了，她抿紧了嘴唇。

“火童为我付出了很多，我想我应该对她好。”

“火童到底怎么了？你和火童之间到底发生了什么？”苏丽珍问。

乔泽语速很快地说：“你还想知道什么？”

乔泽的表情很复杂，有怜惜，也有明明白白的生气。他竟还要生气。苏丽珍想和他争执但觉得毫无理由。

乔泽淡粉色的嘴唇抿成了条直线：“女人不能太聪明了。你的聪明就让我害怕。”很多复杂的感觉堵在胸口，这种情形下面对乔泽，苏丽珍又一句话也说不出。乔泽说罢转身走了，苏丽珍的眼泪再也忍不住滑落下来，她抬手去擦泪水。她的手很凉，她的脸发烫。

乔泽生就是乐观的阳光型男孩，忧郁和他无缘，即便偶尔有也是为了吸引女孩。苏丽珍觉得自己也没有理由要阴天，毕竟对乔泽她连一句“喜欢你”都没有说。他们竟也还能同从前一样相处。乔泽照例喜欢拖着苏丽珍的手腕去吃夜市，苏丽珍还是喜欢和乔泽斗嘴。只是他们再也没有提起火童。

那天夜里一点半，苏丽珍已在梦里过了几个今生前世。乔泽按响了她的门铃。铃声让苏丽珍心惊，她蓬着头开了门，乔泽立在门外并不进来。

“你这个样子让我有回家的感觉。”说罢，他霸道地一手拖住苏丽珍的手腕，一手关了门，径直进了卧室。

“松开啦！你要干什么？”

乔泽把她拢在了怀里：“别动！咱俩安静待一会儿。”乔泽这句话是腻着嗓子说的，苏丽珍当时就乖了。

离得这么近，苏丽珍闻到乔泽呼吸间的酒香。他是喝了酒才肯这样对她表白吗？乔泽就这么安静地拢住苏丽珍在床边坐着。和平日里丰富的语言不同，他们说着简单的话，像是洗尽铅华。屋里的空气像秋收后的田野，纯净，香甜。苏丽珍竟渐渐又有了睡意，乔泽把她放进毯子里，握着她的手腕又坐了一会儿，走了。伴着乔泽的关门声，苏丽珍随即又入了梦境。

乔泽结婚了。婚礼很热闹，是乔泽一贯的风格，似乎角角落落都要是明亮的。新娘是火童。苏丽珍多喝了几杯，提前回了单位。

风中曾经有百合

苏丽珍认为等公交的时间最空虚，那点时间似乎做什么都不够，只能被动地等那铁壳哐哐地来。

201路公交站牌旁有部磁卡电话，苏丽珍盯住那个打电话的女人看。女人拿束百合，在胸前抱着。苏丽珍不喜欢百合，她认同英文里对百合的引申义——脆弱。女人是经过刻意打扮的。料峭春寒里，她那身中长套裙合体却不美妙，颜色深重的筒袜在裙子下露出一截，偏这露出的一截又扎眼地粗壮。早些年街上这样装扮的女人更多，让人觉得在寒风吹起的臃肿里能那么卡腰玉立而出已属不易，局部的败笔是可以容忍的。

女人是在打传呼。传呼似乎总是这样子：你等的时间越长，就越没有回电的希望。女人也陷入了这个怪圈。她紧张地迟疑着，拿起了话筒又放下。她转过身，像台上的主角似的朝路上的人群望着。苏丽珍看了她一眼，认定女人在生活中是一个好强的角儿，同时苏丽珍感到她是在给一个男人打传呼。

女人已经不年轻了。不年轻的女人刻意打扮起来本身就有些骇人的意味，若这刻意里再少了日常积淀的从容，就显出了急功近利，纵使涂抹得唇红眼翠也会透出莫名的憔悴和凄凉。像秋地里漏收的一棵玉米，明看着还一身青绿，却经不起那一夜冷风吹。

女人又拿起话筒的时候侧身向站牌看了一眼。女人这个拿话筒的动作太果断太突然，当她回头看时，苏丽珍没来得及收回目光。四目相对时，两个女人都感到了慌乱和局促。苏丽珍硬生生地收回了目光，别过了脸，耳听女人说出了一串号码。眼神交会的一瞬，女人感觉到苏丽珍窥出了她的尴尬。一个女人在冷风中的街头呼一个男人却久不得回电而这个女人又是满怀着一腔热情刻意打扮过的（是预先约过了吧），那不叫尴尬又叫什么？可这个女人又是多么自尊呀！这从她主角似的神情上能看出来。苏丽珍唯愿公交车快点开过来。偏这条路原是个菜市场，新开了这路车，车次的间隔较长。

苏丽珍的车没等来，女人的电话也没等来。苏丽珍忍不住又往磁卡电话处看时，女人不知什么时候已走了，也不知去了哪个方向。苏丽珍兀自松了口气。就在这时电话铃响了。苏丽珍四处张望，很希望能看见那个女人。可街上冷风萧萧，不见女人的身影。

苏丽珍迟疑了片刻，几步走上前摘下了电话。

“喂，是谁打传呼？”男人的态度从容不迫，男人的声音优柔而富有教养，透着他锦衣玉食的生活。苏丽珍想象他是一个瘦高的、爱清洁的男人。苏丽珍不禁为女人感到难过，为她在寒风中的忐忑，甚至为她裙子下那截粗黑的筒袜。苏丽珍恶作剧地决定将游戏进行到底。她把声音调得甜脆：“你怎么现在才给我回电话？”

“你是哪位？”

“真的听不出来吗？”

男人迟疑着，没有作声。

苏丽珍又说：“晚上我们出去玩吧？”

“好呀！去哪里？你想好了吗？”男人的语气里透着喜欢。

“今天晚上我听你的，你说去哪儿都行。”苏丽珍其实不知道怎样得体地应答对方，她说出了她能想到的最狠的话。说出这样的狠话，苏丽珍竟享受了小小的报复的快感。可她心里又疑惑，这男人怎么不再追问她姓甚名谁？就在苏丽珍不知如何往下进行的当儿，她感到了空气中的异样——女人不知什么时候回来了，在五米外怔怔地看着她，表情古怪。

有一种心意相通，一张嘴便什么都错了。苏丽珍自以为已熟知这个女人，待张嘴要向她解释时，才发现她们分明是隔着翻水覆浪的陌生。苏丽珍一时脸色绯红，就把手中的电话挂了。她心里腾起了一种热望：她要击碎这个女人身上的一种东西，是什么呢？是她的紧张和不自信吗？再回头看女人时，女人竟是一脸的平静。原来端在胸前的百合垂在了身侧，显出一番洒脱。苏丽珍才意识到她和女人之间隔着的不仅是陌生，还有一圈一圈的年轮。

直到公交车开过来，苏丽珍和女人相对着没有说一句话，甚至没有眼神的交会。直到苏丽珍坐上车，气定神闲地透过玻璃要捕捉女人的眼神时，才发现原地已没有了女人，只有一束百合在风中有一下没一下地抖着。

女儿心经

人生一个有趣的经验就是重看多年前热播过的电视剧。苏丽珍再看《戏说乾隆》，竟发现曾打动过自己的台词经郑少秋、赵雅芝说出来也显得滑稽做作。即使如此，苏丽珍也不忍心说一句不好。它照应了那个年月自己内心的审美吧。在恩怨的边缘上，情欲盛开，让人心旌荡漾，然后一个爱到不能爱的凄美结局，供男女主人公在适当的时候感喟人生。但到底是一个女人和一个男人纠缠了一生，即便是纠缠吧,也能让人在万丈红尘中感受到温暖。更年轻些的时候，苏丽珍是希望和一个男人欢笑晏晏相爱一生吧，那才是美好的。

苏丽珍想到了袁令方。袁令方和她也算是朋友。做了生意的人，没了原来大家庭似的单位，和同行业的人在竞争中认识了，就有了应来酬往，渐渐形成了相对稳定的圈子。在这个圈子内，人们竞争，又相互慰藉。袁令方离异，单身。苏丽珍也离异，带着女儿。女儿一开始并没判给她，那时她没有抚养的能力。直到女儿13岁，她才重又要回了女儿。圈内只有他俩单身，每次聚会，大家就开他俩的玩笑。苏丽珍也大方，随他们。按佛家话说，这也是“随顺”之德。

袁令方倒是每每视苏丽珍的反应，不主动又恰到好处地照顾她。很场面的那种照顾。但还是有特别的地方，是在热闹的聚会过后。两个人都开有车，但每次晚上聚会后，袁令方都坚持给苏丽珍当司机，送了苏丽珍到家，才又打的回原地开自己的车回家。

经历的人事多了，苏丽珍对这一点真就看得分外重。她每次都要站在阳台上看着袁令方走出小区，次数多了，对袁令方竟生出了连她自己都不能确定的依恋之情。苏丽珍心里不是没想过和他再进一步，只是到了这个年龄，有些事，一张嘴就是结果，还不如这样多一段沉默，多一段九曲回肠。

苏丽珍的弟弟从北京回来，给她汇报了两件事：苏丽珍现在跟的这个项目肯定要丢，对手和甲方飞跃集团有太深的关系；林海工程对上层有七成把握，条件是苏丽珍要做好下面的工作。这倒让苏丽珍沉吟不定。只是处理飞跃的事情迫在眉睫，送给飞跃老总的礼物都准备好了。苏丽珍最终还是从那箱酒中抽出了那张银行卡。她本想让弟弟把礼物送去，想了想还是自己去了。

难办的是林海。都知道林海是本省今年开标的行业内的最大工程。苏丽珍之所以未染指林海，是因为袁令方在林海立项之始就已跟定了这个项目，两年过去了，已是圈内皆知。还有三个月的时间就要开标了，现在插手，她要面对的不仅有难度，还有袁令方的情面、圈内人的评说。也就是说，若参与林海招标，苏丽珍只能成功，否则就是得不偿失。但是七成的把握、丰厚的利润，她会放手吗？究其实，人在世上，哪一样是自己真能把握得住的呢？还是钱财吧。握在自己的手里，到底心安。它总不会背叛。

苏丽珍出面找到了林海工程的筹建处处长方延玉。方延玉双目精光外溢，却多闪烁。这样的人也常见，八面玲珑，世事洞察，却鲜握实权。几个来回下来，他指点了苏丽珍两个字：价格。价格因素在这次招标评分中占百分之六十。

苏丽珍听弟弟说袁令方的业务经理收下了他们送去的现金时，不是不为这个年轻人惋惜，只是她现在知道，人这一生难免要当棋子。经历得多了才可能在一定的层面上充当棋手，像她今天。但她终归不也是棋子吗？金钱的棋子。

两天后，她的弟弟报来了袁令方的三轮报价。苏丽珍已掌握了另外三家公司的报价。这三家公司本是没希望的，所以苏丽珍许给他们多少对他们来说都是意外之财。共有五家公司投标，袁令方已成垓下的项羽，是英雄，却注定要失败。又有多少曲折过后，苏丽珍以高出袁令方五十二万元的价格中标。

苏丽珍知道袁令方肝病复发在家休养，挨到最后才去看望他，是不得不去，是纵使心虚也要面对。袁令方还是一贯平和地陪她聊天，聊天气，聊钓鱼，聊画展。这让苏丽珍佩服，又失落。这是个出色的男人。临走，袁令方送给苏丽珍一瓶香水，说是早些时候出国带回来的，一直忙，也没顾上送她。苏丽珍接在手里，脸上禁不住一热。

苏丽珍知道，袁令方送她的这瓶香水，也正如她送给飞跃老总的酒，实质的东西事先已被抽掉了。她一想到，她和袁令方这个男人是从此各自老去，永不相干了，心里莫名地一酸又一紧。圈子里的人都知道，袁令方是罕见的站着挣钱的人。他的钱来路都正当。她想，或许，从此之后，她再也不会做不良的商业行为了。

出了袁家的门，苏丽珍走在阳光下，她想起了两行惊艳的句子：

往日的春光里，一个唐朝的女子剪去善舞的长袖
她说：青丝，青丝啊。

原来她们都叫苏丽珍

——“苏丽珍”系列幕后

这个创作谈，真的可以很应景地起个标题：她们为啥都叫苏丽珍。

这三篇的女主人公都叫苏丽珍。不管我内心承认不承认，这肯定是受了《花样年华》的影响。这三篇小文都发表于2003年左右，《花样年华》于2000年9月29日在香港上映。

我敲完上面一段文字，到百度上搜“苏丽珍”，让我感到惊奇的事情出现了——王家卫三部电影的女主人公都叫苏丽珍：《阿飞正传》《花样年华》《2046》。直到今天，我也没有看过《阿飞正传》和《2046》，而且从不知道这两部电影的女主人公叫苏丽珍。——这是一种莫名其妙的巧合吧，没什么可解释的。

我记住了《花样年华》的女主人公名字叫苏丽珍，却没有记住男主人公的名字。就在去年，我编发了一篇小小说:《一个周慕云一样的男子》。周慕云？为什么选这个名字？他代表什么？我查“苏丽珍”时，才知道是《花样年华》男主人公的名字。

2019年9月，英国《卫报》评选“21世纪最佳影片100部”，《花样年华》位列第5名，第5名是一个让人内心沸腾的名次。那个年轻的作者在创作她的小小说《一个周慕云一样的男子》之前，是看过《花样年华》的吧？

我在说“苏丽珍”和“周慕云”时，我是在说，一件文艺作品公布于世以后，它的艺术因子在现实生活中的渗透。你看，苏丽珍活在15年前的三篇小小说里，周慕云活在今天的小小说里。这也可以说是电影艺术对文学作品具体而微的影响吧。同时，要知道，《花样年华》的灵感来源是刘以鬯的长篇小说《对倒》，而《2046》的灵感则来自刘以鬯的另一部长篇小说《酒徒》。然后我们就会明白周慕云在《花样年华》中的身份为什么被设定为报刊编辑，那正是刘以鬯的职业。有人看完电影，念念执着于苏丽珍与周慕云的最后结局。如果读过《对倒》，人们就会知道，王家卫是绝不会给他们结局的；如果他们有了结局，《花样年华》就不是来源于《对倒》了。另外，对《花样年华》最大的反面批评莫过于“故事单薄”这四个字。如果这个批评者追溯到《对倒》，就会明白，说“单薄”是因为没有读懂《花样年华》的留白，那留白的开阔性，真的是担得住“山高水长”四个字的。王家卫对《花样年华》最初的构想，是让张曼玉与梁朝伟分饰片中所有角色：他们各自的伴侣、房东，甚至路人甲。我当年颇不以为然地认为：电影人的噱头罢了。读了《对倒》，我羞愧了，让二人分饰所有角色，乃是《对倒》的精髓。这又是文学作品对电影的影响了。

对以上所说内容做一总结：文艺世界的生态圈是生动的，也是圆满的，这也是文艺的魅力所在。一篇体量短小的小小说，也不用妄自菲薄，那也是文艺生态的一个组成部分。

回到小小说作品吧。

我为什么选了“苏丽珍”这三个字？首先，我真的是喜欢紫苏这种植物。太姥姥的花园里种有紫苏，总有人来向太姥姥求要，整个村子只有太姥姥的园子里有紫苏。有一次，西边邻村的一个奶奶也来要，说他的孙子感冒了，要用紫苏熬汤才能治好。每每有人来要紫苏，我就很兴奋，总是一遍遍告诉人家："这就是紫苏，你闻闻它的味道。"掐下来一片叶子，揉碎了让人闻。其实，我就是喜欢"紫苏"的发音。认字之后，就觉得"紫""苏"连在一起，真是美极了。"苏"来自紫苏，紫苏那浓紫深暗的颜色需要调兑一下；"丽"的明亮和"苏"搭起来是般配的，"丽"的明亮也不会再显得没心没肺；"珍"这个字在我看来，是可以上天同时也是可以入地的。一个叫苏丽珍的女子，她生活的空间无限大，她的内心可以无比丰富。所以，我逮着这三个字用了又用。王家卫为什么要用这三个字？问他自己吧。但有一种说法是：有一种爱情，叫苏丽珍。

我一直认为，一篇小小说作品中，人物的名字很重要。因为，小小说小，可腾挪的空间不大，一个恰当的名字，会对作品起到一定的提升作用。当然，一篇小小说的灵感也不会只来自一部电影女主人公的名字。

写《苏丽珍》时，我还真是年轻。办公楼的走廊外壁，爬满了爬墙虎。因为年轻，心思很静。有一天午休时，梦里似乎听到长廊里有落雨的声音。醒来，阳光灿烂。如是几次，我好奇了。中午趴在走廊的栏杆上，等，等雨声。那雨声，只在太阳最烈的时分来临。那是爬墙虎的花瓣雨。爬墙虎会开繁密的花，那花的颜色青如碧玉。正午的太阳邀它们一起玩耍，大量细小的花朵落地，就是我半梦半醒的午睡里听到的"雨声"。这个情景，我给不止一个人说过，没有一个人相信。爬墙虎花瓣雨的细节，一开始是出现在《苏丽珍》里的，而且相关的文字不少。发表时，我把那些文字删了。我喜欢那个情节，以至于它们影响了文章本身。这也让我得出一个结论：在一篇小小说中，不要滥用抒情，所有的书写都需要克制。这也是小小说文体的特殊性之一。

《风中曾经有百合》，来自我的一个真实的恶作剧，也就是说，那是件真实发生的事情。文中没有夸大事实，也没有隐藏事实。既然如此，关于这篇小东西的创作谈还有什么好说的吗？当然有。有人说，小小说写的是一个片段、一个瞬间、一种情愫，是生活的小切面。写这些东西，是需要对生活有敏感度的。而在我们更年轻时，我们对生活所葆有的敏感度更高，似乎真实的人生还没有向我们展开，我们好奇，生活里的点点滴滴都让我们激动。路上一个陌生的行人，他或者她的形象都可以走进我们的内心；透过他或者她的一个眼神，我们都愿意去揣测他或者她的生活是什么状况。

我想说的是，有些小小说的素材就像早晨荷叶上的露珠，越早采撷越好，否则，太阳出来，它们就在你眼皮子底下消失了，而你毫无办法。写小小说，越早动笔越好。

《女儿心经》，素材来自我的女朋友们。

有一次，参加两位知名女作家的作品分享会。其中一个说："我身边的朋友吧，很愿意跟我聊天，聊他们的生活呀感情呀。聊之前，都挺有志向的，总的来说就是要把自己的人生经历奉献给当代文学，要给当下的小说创作垫个结实的底儿。聊完呢，又都紧张兮兮的，怕我把他们写进小说里，怕被人认出来，一遍一遍打电话来叮嘱：'千万别写我呀。'我呢，被他们的紧张折磨够了之后就会告诉他们：'我要是让人们认出你们来，就是我没创作的本事。放心吧，你们自己都不会认出来的。'"

这篇小小说写完，我发给一个素材提供者看。她看了哈哈大笑：“你写的这是我姐呀！”我本来想给她说：“写的是你！”后来放弃了，怕她以后不给我讲故事了。

其实，我当时听了女友的事儿，没太激动，就是一个实实在在的商业故事而已。突然有一天，我读到了一句诗，一句惊艳的诗：

> 往日的春光里，一个唐朝的女子剪去善舞的长袖
> 她说：青丝，青丝啊。

因着这一个句子，女友的故事立即在我的心里摇曳起来，活色生香起来。它是鼓荡着我去写《女儿心经》的一个直接诱因，我安排它出现在小小说的结尾。

当时，我读了那个诗人的诗句，心里喜欢，可又不认识人家，写点文字，以示应和吧，虽然是拙劣的应和。

你看，一篇小小说来到人间，是有隐秘的路要走的。所以，我在编辑每一篇小小说的时候，都会具足耐心，我知道在它的背后是一颗颗的小心脏在跳动。“在这鲜绿的早晨，我只愿做一颗心，一颗人心。”我视每一篇小小说都是在鲜绿的早晨跳动着的一颗人心，这样，我会发现作品中更多的美、更婉转的构思。

守株待兔之前后

> 宋人有耕者。田中有株，兔走触株，折颈而死。因释其耒而守株，冀复得兔。兔不可复得，而身为宋国笑。

记载我的这个故事的文字很美，简约庄重，一如商鼎上的纹饰。后来，故事湮进历史，纹饰在岁月里变得轻薄，飘落，悠进了大街小巷。我的故事，就成了一个浓彩的寓言。

我的登场，是锣鼓喧天里，响板紧敲后一个不可回避的亮相，无可掩饰，也不能解释。是正传，是主人公不能做主的言说。是光明明的堂屋样的一览无余，真正的心事，都在厢房里紧闭。

那一年，春天比往年偷偷早到有两三天，我察觉到了。年复一年，我总在焦躁中渴望着这个季节的来到。是饱含激情的少男在等待他的姑娘，总能捕捉到最细微的声响和气息。而它的到来也总是那么美妙，从不让我失望。在它的颜色、它的音响和香味里，我与生俱来的、莫可名状的焦躁得以解脱。

那天早晨，我在种满紫苏的小院子里拨开了一片去年的桑树的落叶。果然，正如我梦见的那样，芍药正在桑叶下破土而出，红玉一样结实的小身子在一开始就显出了美丽。紫苏经年的枝杈伸胳膊张腿地在风中支棱着，还在懵懂地辨别着春的消息。我满心欢喜。

我走出院子，开始我的春游。我几乎是夜以继日地在村里村外游荡。我握过32个春天的手，它们一个比一个清新，但一个比一个都更短暂。

当笛子一样笔直的梧桐树长出油嫩的叶子时，天空飘来了轻柔的彩云。很快，长着灰蓝翅膀的大鸟不再扑食麻雀了——那是冷天时，它们常干的事。村落里开始到处繁花似锦。热腾腾的土地上有越来越多的人在劳作。为避开他们的视线，我更多地选择在草地上躺着。就是躺着，做梦或者不做梦。这样，我会误以为春天长得没有尽头。

无可避免地，我要过一生日出而作、日落而息的生活，但我有我的幸福，那就是繁花似锦的春天。

那个灰小兔撞在桐树上时，惊醒了我的梦。我看见紫色的桐花都变了颜色，我知道它没命了。我把它提回家，我的家人吃掉了它。这只兔子，是我在这个春天对家里唯一的贡献。从此，我为我在地里游荡找了一个很好的理由，那就是守株待兔。

整个春天，村里的人都在传说我的愚傻。那年，槐花的香气在村子里飘动时，就洇含了更多的内容。村西头的水井旁，有很多路过的外乡人在那里歇脚。他们喝过甜美的水，恢复了体力，也顺便带走了我的故事。故事慢慢失去了细节的真实性。

后来，所有的人都知道，我再也没有等来一只兔子。

很多个春天又过去了，在它的温暖里，我一直是这块土地上一个安静的客人。

再后来，世间有一个叫畿米的人，他知道我等来了什么：

守株待兔的第20天，一群小兔对我微笑，送我一朵紫色的花，我们闲聊了许久，并互道晚安。

《守株待兔之前后》幕后

关于这篇文章，美国爱荷华州立大学的穆爱莉教授给我写过一封信。那一年，她申请了美国政府的福布莱特基金，在中国进行为期一年的中国当代小小说现象研究。经她同意，我把这封信转录于此。我转录这封信的目的何在？看完信，我会告诉你。

穆教授的信：

其实从几年前读了《守株待兔之前后》那一天起，我就想给作者写信了。那时我还不认识你。也不知道你在百花园杂志社工作。

《守株待兔之前后》从很多方面给我留下了深刻印象，但最重要的是它对小小说文体、形式的意义。在我读的国内的小小说作品中像这一篇的还不多，所以我很想把它作为一篇范文写进要写的书中。在准备上次在郑州的发言时，我写下了一些不成熟、不完整的想法，由于时间关系，会上没能全说。抄在下面请你看看，提提意见：

这篇小小说不过是用第一人称的形式重写了“守株待兔”的故事。说它是故事，不如说它是写了守株待兔者在春天的感受和收获。你可能会问，这篇小小说的结尾连个可抖的包袱都没有，有啥好的？跟小兔子互道晚安也值得写？在回答你的问题之前，我想读一下我在此书前言中写下的几句比较满意的话：“小小说邀请读者思考艺术的能动性，有着不断再现多元想象的功能。小小说是这样一种艺术形式：它的审美形式和特征必然导致对定式思维的冲击；它叙事的方式和策略必然触发新视角、新思想。”在我看来，《守株待兔之前后》不论在内容上还是在形式上都是多元思维的产物。现在让我们看看它是怎样冲击定式思维，触发新思想、新视角的。

小说的故事可以用一句话来概括：主人公讲述了守株待兔的真正理由，即对春天的期待、热爱和对自然的感受。从内容上说，小说的多元思维体现在对《韩非子》中守株待兔之“正传”的挑战。这种挑战的意义在哪里？如果世人皆知的、在我们文化和历史中流传了千百年的定论不过是基于偏见的猜度，我们对看得见、听得到、清楚的、“一览无余”的固定“言说”是不是应该持点儿怀疑态度？

然而，小说对定式的冲击绝非仅此。熟识《韩非子》的人都不会忘记，讲，或者创造守株待兔的故事是为了说明“今欲以先王之政治当世之民皆守株之类也”的道理。施政不可照搬先人的道理很好，但有大道理可讲就可以编个解释强加于人吗？这与布什的向全世界兜售美国式的民主自由，似乎有些相通之处。为了讲明大道理，为了伸张正义，为了把“美好的”制度和生活给别人，所有这些愿望都可能生出“主人公不能做主的言说”，导致强奸人意的行为。这是《守株待兔之前后》给我的新视角。“守株待兔”的故事不过是为了说明一个道理而打造出的一个工具，它的意义是有限的，不应该是对守株待兔者下定论的依据。这是《守株待兔之前后》对因果定式思维的挑战。

《守株待兔之前后》采用了哪些艺术手段来达到挑战旧的、启发新的之目的呢？首先是对权威的第一人称的采用，从受害主人公切身经历的角度做有力见证。但对我来说，更重要的还是第一人称散文诗般的抒情。对自然拟人式的感受，与自然恋人般的交流，从自然得到的欢喜、安抚与回报，喧“宾”夺“主”，几乎代替了一般小小说对故事情节的照顾和叙述。对我来说，这正是《守株待兔之前后》抖出的漂亮“包袱”。也就是说，它用了反常规的艺术手法来反由历史和传统规范化了的“正传”。这样的内容和形式的统一使跟小兔子互道晚安与跟赵三大爷的鬼魂唠嗑有了异曲同工之效应。打破界限，连接貌似对立的各方，容忍、容纳、拥抱、体验、尝试各种不同审美表达形式和方式，这是小小说文体的胸怀，是小小说不断再现多元想象、触发新思维的核心，是小小说的无穷艺术创新和生命力所在。

你可能又会问，你说的这些与人类，以及人类与自然的和谐共存有什么关系？这种打破界限、连接对立面的审美手段/核心有着必然的道德内涵，也就是说美与善有着内在的联系……

冯骥才先生让我们思考小小说“反故事”的潜力和功能，又给了我一个读《守株待兔之前后》的新视角。我在下一步要写的书中想证明的一个观点是小小说不论是在形式上还是在内容上都是对当今世界提出问题、启发我们做大思考的文体。我特别感谢你为我提供了一个有力的证明。

我还有个愿望，希望能把作者创作这篇小小说的意图、感受和过程写进去。请不要受上边那些说法的影响，你最真实的经历和体会对这本书最有用。

这封信里，有对小小说这一艺术形式的思考，也体现出，在一个课题之下，一篇小小说被解读的路径。这两点，对这本书评点部分的内容是个必要的补充。但这还不是我转录这封信的本意。

先让我在这里回复穆教授的提问，即我创作这篇小小说的意图、感受、过程：

一个傍晚，我读了皝米的一本图画书，整个人陷入了美好与宁静，内心感到很满足。这样的感觉一来，人的头脑中就会跃出一些纯粹的事物。我在那一刻想念起了春天，真正的春天。想起春天里我太姥姥那个古老的院子，院子里的紫苏、芍药、爬墙虎、冰桃、蟠桃、荷塘……或者说，我更想古老院子里的自己，想得我闭上了眼睛：总得有个办法回去一趟才好，哪怕只是通个消息也好。我想起了那个守株待兔的人，在我有印象的汉人里，只有他足够闲，离草木也足够近。于是，我打开电脑，输入“守株待兔之前后”……两个多小时后，我和电脑互道晚安。

但这段话，我一直没有发给穆教授。为什么？

她的解读为这篇小东西带来了很多光彩，我认为它已经承受不住了。她这样认真而热情地对待它，我觉得那已经是她的《守株待兔之前后》了。在阅读者和作品的亲密无间面前，我这个作者已然成了客人。客人，只有认真地闲着，才不致手足无措。所以，我没有把创作谈回复给她。

至于那句“主人公不能做主的言说”，我当时写的时候只是觉得,这个句子读起来语感不错,虽然有两个“主”字却并不拖沓，而且重复里带出了一种优柔之感。可是，到了穆教授那里，就是别样的解读了。所以，阅读的世界，是一个很奇妙的世界，你永远不知道写出的文字有多少种被解读的方式。

写到这里，你可能已经明白我真正想说什么了。是的，通过这篇小小说，通过穆教授的解读，通过我这个作者的感受，我就是要告诉你：阅读，是个再创作的过程。

阅读中的想象、创作总会不同程度地契合作者的本意，但随之而散发出去的，和作者的联系就不会那么紧密了，它们更多地属于阅读者自己。

既然投入真诚姿态的阅读，是一种飞翔、一种再创作，那就让我们在阅读的旖旎旅途上记住这句歌词：行李不必太复杂，能走多远就走多远吧。

避雨的麻仙儿

王张兰德，是个又黑又瘦的人，她的个子很高，在这个村子里，没有哪个女的比她更高。那天的上午，天气还是很好的。天空像往常一样，歇着一两朵神情略带滑稽的白云。王张兰德趁这样的天气，从村南边的水塘里，捞起一小捆沤好的麻皮。麻皮还是秋分那天，她从麻秆儿上剥下来的。剥了皮的麻秆儿，堆在地上，白净净的，像一个个瘦极了的人儿。

傍晚的时候，天就阴了。王张兰德提前用灶膛里燃着的一截麦秸秆，点亮了豆油灯。她刚点亮灯，风就从窗缝里吹了进来，接着，雨点打在了沉重的枣木门上："啪啪——啪啪——"王张兰德端着灯，到堂屋。她把灯放在八个角的黑梨木桌上，去给门上了门闩。豆油小灯，把她的影子照得很大。雨点从门缝里进来，在她身上，激起一层凉意。

她在玉米皮编成的圆蒲团上坐下，开始把麻皮劈开，劈开的麻皮像头发一样从她的手里垂下去，垂到地上。

"啪啪——啪啪——"雨继续拍打在门上。

她放下手中长发一样的麻皮，在纺车上开始纺麻线。

纺车"嗡嗡嗡嗡——"和外面的雨声混成一片。

豆油灯灭了。她在陶灯里倒上蓖麻油。灯亮了。她又坐在纺车前，纺车却转不动。纺车的轴子不见了。她围着纺车找了一圈，没找到。她掀开蒲团，也没有。她急了。她在麻线堆里摸，也没有摸到。

她捶着腰坐在蒲团上，开始骂了："是哪个鬼拿走了吗？"

门外有个细得不能再细的声音："我在你的屋檐下暂时避雨，没有偷你的纺轴，你再找找。"

她惊得张大了嘴巴。她也不敢起来找纺轴了。

"啪啪啪啪——"雨越下越大了。

门外那个细得不能再细的声音又传进屋里："你不用怕我，你秋天把我剥了放在鸡窝上，天天都见我的。"

她用右手捂住了嘴巴。她一低头，看见纺轴就在她的左脚边。她装上纺轴，只能继续纺麻。

"嗡嗡嗡嗡——"

"啪啪——啪啪——"

她纺着麻，忍不住用目光扒开门缝向外看。她支起耳朵，想再听到那个细得不能再细的声音。她觉得那个声音，比春天的风硬，比冬天的风软。她摇着纺车，一圈又一圈。她想起夏天时，青麻顶着亮黄的花儿，结出的青麻果儿，绿绿的，上面打满规矩的褶儿。她对在门外避雨的麻仙儿，生出一种怯生生的信任。

她等着那个声音响起，她打算鼓足勇气问问她今年的收成。她还想问问她的寿限，到腊月十五她就满69岁了。

她直着腰，纺着麻线，支着耳朵听。

"嗡嗡嗡嗡——"

"啪啪——啪啪——"

那个小屋里的油灯，亮了一夜。

黄昏时分的兔子

那个小男孩，拉着那个小女孩的手，半下午时，就进了樱桃林。他们把矮枝上伸手能够得到的樱桃都摘完了。他们把最大的，没有被鸟啄过的樱桃挑出来，放进一个蓝瓷碗里。那是留给他们太姥姥的。他们不是兄妹，他们有一个共同的太姥姥。他们坐在樱桃树下的一块长条青石板上，开始吃樱桃。青石板，被两块巨大的黑石头支着，支起的高度，正好够他们把腿悬着。很多的鸟，在高处的树枝上吃。总有樱桃被鸟啄一口，掉在毛茸茸的草地上。总有外面的鸟展着翅膀把外面的空气带进来，也总有吃饱的鸟，展着翅膀把樱桃林里的空气带走。吃了樱桃，他们躺在落满樱桃的草地上歇了一会儿，俩人都吃了两三朵手边的蒲公英。现在，他们又坐到青石板上，吃樱桃。

樱桃林，暗了下来。黄昏到了。

小男孩儿嘴里含着一颗樱桃，把头摆向东北角的草丛："兔子。"

"在哪里？哦，真是一只兔子。"

"小点声，那是仙家。"

"什么？"

"我妈说的。黄昏时出现的兔子，都是仙家变的。"

“仙家？”

“就是精灵。”

小女孩又向草丛看，兔子不见了。

小男孩身子一动不动地说：“它在西北角的那棵树下，正看我们呢。”

小女孩一看，那兔子真的正扭头看他们。

小女孩抓起一把樱桃，向兔子走去。那只兔子一动不动地看着她。周围的草丛里蹦出来三只兔子。后来，总共有七只兔子，带着小男孩和小女孩儿，离开了樱桃林，走出了他们太姥姥的大院子。

太姥姥在黄昏的时候，点燃了一支药师如来除障香。香是村北边，那个小寺院的老僧送她的。太姥姥把香点在小木窗子下的核桃木桌上。她闭着眼睛，念《药师经》。小木窗子一直吱扭吱扭地响。她睁开眼睛，发现香灭了。她拿起引火奴，走到灶糖，用余烬点燃。她再次点燃了香，香在她的眼前，从中间断了。太姥姥看了看外面的天色，这个时候，成群的麻雀该回到小木窗下的，现在，一只麻雀都没有。她把断的香头插进香灰里，拿起一件深蓝的长袍披在身上，关上门出去找那个小男孩和那个小女孩。她又回到屋里，挑了一支香拿在手里，把火镰荷包装进蓝色的长袍。

太姥姥来到樱桃林，看到了青石板上，蓝瓷碗里的樱桃。

她喊：“小颜。”

她又喊：“小融。”

没有回音。樱桃树上最后的三只鸟，离开樱桃，飞走了。

樱桃林，黑了下来。月亮升起在院子东边的老榆树上。

太姥姥点着手里的那支药师如来除障香，香的烟飘向西边，她向西走出了院子。她走过院子边的深沟，她跨过老柳树身边流过的小水渠，她爬上白天开着很多花朵的小岗坡。她在月光下，仔细地看香的烟飘出的方向。

她手里的香越来越短了。天上的月亮越来越高了。

小女孩和小男孩在离村很远的一个水塘边手拉手站着。水塘的一角，铺满了幼嫩的荷叶。挨着荷叶，有七个小孩儿在嬉戏。七个小孩都长着白荷花瓣一样的脸庞，伸着藕节一样的胳膊在水里滑动。他们嬉笑的声音就像天空的月亮一样。

一个荷花瓣的脸庞贴在一片荷叶上："下来和我们一起玩吧，水里的快乐，非你们所能想象。"

小男孩："我觉得，我们下去，就再也回不到岸上了。"

荷花瓣的脸庞消失在水里。

又一个荷花瓣的脸庞游到他们脚边的水草里："岸上充满变化，非你们所能想象。"

又一个荷花瓣的脸庞挤过来，仰着脸对他们说："你们两个，很多年以后，相见会没有话语可说，那热闹里的冷清，非你们所能想象。"

小女孩："不，我们就在太姥姥的院子里，我们很好。"

一个荷花瓣的脸庞仰泳着离他们远一些，那脸庞就在远处看着他们说："童年的快乐，需要老年的苦痛来补偿。老年，非你们所能想象。"

小女孩："不对。我的太姥姥就很好。"

七个孩子手拉手围成一个圈在水里边转动边唱："她身体的痛苦，非你们所能想象。她内心的荒凉，非你们所能想象。"

小男孩和小女孩："太姥姥有我们。"

七个小孩继续手拉手边转边唱："她的心里，从未拥有过你们。她内心的褶皱，非你们所能想象。"

小女孩蹲在岸边，开始哭泣。小男孩站着，用手捻着小女孩的一缕头发，他抬头看了看天空的月亮。

七个小孩继续边转圈边唱："来吧，到水里来，和我们一起跳舞，水里的快乐，非你们所能想象。"

香的烟把太姥姥带到水塘边。香灭了。

太姥姥把紧闭着眼睛的小男孩和小女孩从水塘里抱出来——他们被水草缠裹着，躺在水塘边的浅水里。她把小男孩扛在肩上，把小女孩抱在怀里。月亮照着他们，回到了他们的院子里。

太姥姥把小女孩和小男孩并排放在曲柳木的大床上，给他们盖上白兔子的皮毛，给他们喂下一碗又一碗放了红糖的黄色姜汤。

小男孩和小女孩铁青着小脸，双目紧闭。

太姥姥点燃了药师如来除障香，开始念《药师经》。

天亮了。

小男孩和小女孩的脸上有了红花瓣的颜色，他们在白兔子的皮毛下轻轻地呼吸。

太姥姥在那一夜点了七支香，念了三部《药师经》。

“幻境故园”系列幕后

想着自己能写出一系列这样的文章,总标题就叫“幻境故园”。是的,麻仙儿、兔仙儿都是精怪。可是王张兰德、太姥姥分别是我心中怀念的奶奶和太姥姥。所谓追忆故园,总是在追忆故园里的人。《避雨的麻仙儿》一开始,和我奶奶没有联系。应该是在《志怪小说》里,我读到一个极短篇,它的基本内容在《避雨的麻仙儿》中都有呈现,但是现在想不起来它的具体细节了。要想找出原文是很容易的。我不想找。《志怪小说》里有很多非常奇异的经历、各样生命,那个极短篇在那精怪成群的书里显得极其质朴,好像有纺锤、纺车、织布的梭子。我想起那篇文章时,纺锤在各种精怪的身边旋转着,偶尔撞到哪个精怪身上,它就落在地上,要深呼三口气,它才能再次起来旋转;梭子则在各式各样的时空里穿过来穿过去,有时会把时空弄得披头散发的。或许,这就是我不愿去找原文的原因,我不想让原文的文字使我的想象消失。记得,一开始,我只是想复述那个简单的故事。可是就像要干任何一件正经事之前,我跑神儿了。我不想对着黑色的键盘敲字,我向往起天空的云彩,那傻乎乎的云彩可不用写字。这么着,我奶奶的身影就出现在云彩底下。她去世十多年了,我依然想念她。她在屋子后面的空地上种过青麻,青麻的绿叶子和亮黄色的花儿都很漂亮。那么漂亮的青麻，我想让奶奶攥在手里。这样，这篇文章的另一个主人公出现了，麻仙儿。在《志怪小说》那个短文中，没有麻仙儿。想到麻仙儿的样子，我就有了写作的兴趣，我愿意有一个瘦精精的麻仙儿从键盘上跳出来，陪我一小段时光。于是,《避雨的麻仙儿》就出现了。

《黄昏时分的兔子》里的太姥姥，是我奶奶的母亲。我爸妈把我送到她们身边时，太姥姥已经挨着90岁的边儿了。紧挨她的床，靠北墙放着她的寿材，那是在她72岁那一年做好的，可很久很久没有用。寿材就成了她的储物柜；盖上盖子，寿材就成了她的香案。她每天早上在南窗下的小木桌边念经，晚上就跪在床上对着棺材上的香炉磕头。太姥姥有一个很大的园子，东园多种桑树和桃、李、柿子等果木，西园是榆树等杂木，南园有个花园连着更南边的一片荷塘，花园和荷塘间有块空地，种着樱桃、木瓜、无花果等，北园有两棵高过房顶的松树，松树的树干像龙鳞一样。

这么大个园子，晴朗的白天里只有太姥姥和我，别的大人都下地干活儿了。太姥姥夏天也穿着斜襟褂子，我们两个在园子里四处走。比我大两岁的表哥，我姨奶的孙子，偶尔会从另一个镇子上来，送来一件姨奶给太姥姥缝的衣服，或是一包什么点心。有一次竟然送来了十来个手帕子，有的上面印着古代的美女半身像，有的印的是插花的花瓶。那个表哥，瘦瘦的，挺着骄傲的头，穿着白色的长袖衫就来了。

在奶奶、姨奶的调教下，我们兄妹的关系很亲善。奶奶说：“他比你大两岁，你不兴（不能的意思）喊他的名字，要叫哥。不叫哥不要打招呼。”表哥来了，我就和表哥在园子里游走，太姥姥就回屋做功德。太姥姥把念经烧香叫做功德。但我和表哥在园子里从没有遇到怪异的事情，连只兔子也没有遇到过。兔子被太姥姥关在笼子里。《黄昏时分的兔子》来临，是缘于我和同事下午下班时在单位院子的草丛里发现了一只白色的兔子。于是，我们说起来兔子，说起我太姥姥养过兔子。晚上到家，我很想念太姥姥，想念那个园子。于是，打开电脑开始写《黄昏时分的兔子》。

整个园子，樱桃结的果子最少，很像样的一棵樱桃树，高高的蓬蓬的，叶子也墨绿墨绿的，一年下来只能收获一碗樱桃果。每年都是这样，每年面对樱桃树，都有失望和困惑。果子去哪里了？记得被一种大翅膀的灰蓝鸟给叨了。为了补偿自己，文中的两个小人儿坐在了樱桃林里。按弗洛伊德的精神分析法，写作应该是某种补偿，看来，他说得真是不错。但是不经意地，文中依然出现了叨樱桃的大鸟。我真的没打算让大鸟出现的，我担心出现的物命多了，兔子的仙气儿会被消解。可写完倒回去看，才发现竟然还是让大鸟溜到了文中。那就留着吧。小说是在召回一个人沉潜的记忆，这话说得也真是没错。所以，我不认同人在写作中能令自己隐身的说法。写作行为总是在暴露自己，只不过那途径过于幽微，以至于可以骗过读者，但骗不过自己。

《黄昏时分的兔子》的另一个灵感，很明显，来自叶芝。来自他的那首《被盗的孩子》：

来，人之子呀，
到湖滨旷野来吧，
手拉手，与仙人一道，

因世界充满泪水非你能知晓。

小时候的我一直认为，太姥姥是神仙一样的老人，被儿女们爱着恭敬着，在园子里自由自在的。太姥姥不在人世了，奶奶讲起太姥姥的经历，竟也是经受过很大的痛苦。如今想来，人这一世，童年的快乐、老年的安详是可贵而短暂的，中间一段长长的时光都是要负重前行的。

至今，我和表哥依然很亲善。但就如月下的荷花仙子预言的，“你们两个，很多年以后，相见会没有话语可说，那热闹里的冷清，非你们所能想象”。表哥做生意，我编杂志，见面都在饭店的餐桌上，很热闹很没有话语可说。这里，我竟然用了“预言”。

另有一处可说的地方是，在第一稿中，太姥姥给小融和小颜盖上的是“白狐狸的皮毛”，可能是觉得写精怪时，狐狸是必不可少的，狐狸的出现会增加仙气儿。可再看时，发现狐狸的出现，太突兀了。而且，狐狸的身上也缺乏儿童的气息。改成了“白兔子的皮毛”，这和开篇兔子的出现有了呼应，而且，“仙家”在樱桃林里以兔子的形象出现也有了某种神秘依据。当然了，兔子与两个小人儿内在气息上也是搭调的。这一处修改，在几秒之内完成，还是比较满意的。写作，就是这样吧。